목마와 숙녀

박인환

한국 대표시 다시 찾기 **101**

목마와 숙녀

박인환

사과
꽃

Paul Gauguin
Still Llife with Profile of Laval
1886

차례

여는 시
목마와 숙녀

1 정신의 행방을 찾아 해방기속으로
1946~1950

2 살아 있는 것이 있다면
전쟁기 1950~1953

닫기전의 시들
고향을 생각하며 지금 시를 쓰는 사나이

닫는 시
간절한 것은 보고싶다는 단 한마디

여는시

목마와 숙녀

약속

먹을 것이 없어도
배가 고파도
우리는 살아 나갈 것을
약속합시다.
세상은 그리 아름답지
못하나
푸른 하늘과 내
마음은 영원한 것
오직 약속에서 오는
즐거움을 기다리면서
남 보담 더욱 진실히
살아 나갈 것을
약속합시다.

대하[*]

큰물이 흐른다.
역사와 황혼을 품안에 안고
인생처럼
그리고 지나간 싸움처럼
구비치며 노도怒濤하며
내 가슴에 큰물이 흐른다.

신비도 증오도
피라미드도 불상도 그 위에 흐르고
내가 살던 아크로폴리스 마을에
큰물이 흐른다.

어느 산줄기에 그 수원이 있는가
어느 가슴 아픈 인간의 피눈물인가

나는 보았다
썩은 다리와 고목들이
큰물에 씻겨 나가는 것을
벼루와 서책이 출렁거리는 것을

---

* 박굴뒤 새 작품

13

큰 물이 흐른다
고달픈 역사와 황혼을 품안에 안고
침울한 큰물이 흐른다
과거는 잠자고
오직 대하가 있다.

목마와 숙녀

한 잔의 술을 마시고
우리는 버지니아 울프의 생애와
목마木馬를 타고 떠난 숙녀의 옷자락을 이야기한다
목마는 주인을 버리고 거저 방울소리만 울리며
가을 속으로 떠났다 술병에 별이 떨어진다
상심한 별은 내 가슴에 가벼웁게 부숴진다
그러한 잠시 내가 알던 소녀는
정원의 초목 옆에서 자라고
문학이 죽고 인생이 죽고
사랑의 진리마저 애증의 그림자를 버릴 때
목마를 탄 사랑의 사람은 보이지 않는다
세월은 가고 오는 것
한 때는 고립을 피하여 시들어 가고
이제 우리는 작별하여야 한다.
술병이 바람에 쓰러지는 소리를 들으며
늙은 여류작가의 눈을 바라다보아야 한다
…… 등대燈臺에 ……
불이 보이지 않아도
거저 간직한 페시미즘의 미래를 위하여
우리는 처량한 목마 소리를 기억하여야 한다
모든 것이 떠나든 죽든

거저 가슴에 남은 희미한 의식을 붙잡고
우리는 버지니아 울프의 서러운 이야기를 들어야
한다
두 개의 바위 틈을 지나 청춘을 찾은 뱀과 같이
눈을 뜨고 한 잔의 술을 마셔야 한다
인생은 외롭지도 않고
거저 잡지의 표지처럼 통속하거늘
한탄할 그 무엇이 무서워서 우리는 떠나는 것일까

목마는 하늘에 있고
방울소리는 귓전에 철렁거리는데
가을 바람소리는
내 쓰러진 술병 속에서 목메어 우는데

세월이 가면

지금 그 사람은 잊었지만
그 눈동자 입술은
내 가슴에 있네

바람이 불고
비가 올 때도
나는
저 유리창 밖
가로등 그늘의 밤을 잊지 못하지

사랑은 가고 옛날은 남는 것
여름날의 호숫가 가을의 공원
그 벤치 위에
나뭇잎은 떨어지고
나뭇잎은 흙이 되고
나뭇잎에 덮여서
우리들 사랑이
사라진다 해도⋯⋯

지금 그 사람 이름은 잊었지만
그 눈동자 입술은

내 가슴에 있네

내 서늘한 가슴에 있네

정신의 행방을 찾아

해방기속으로 1946~1950

남풍

거북이처럼 괴로운 세월이
바다에서 올라온다

일찌기 의복을 빼앗긴 토민土民
태양 없는 미래—
너의 사랑이 백인白人의 고무원園에서
쟈스민처럼 곱게 시들어졌다

민족의 운명이
크메르신의 영광과 함께 사는
앙코르 와트의 나라
월남인민군
멀리 이 땅에서도 들려오는
너희들의 항쟁의 총소리

가슴 부서질 듯 남풍은 분다
계절이 바뀌면 태풍은 온다

아시아 모든 위도緯度
잠든 사람이여
귀를 기울여라

눈을 뜨면

남방南方의 향기가

가난한 가슴팍으로 스며든다

나의 생애에 흐르는 시간들

나의 생애에 흐르는 시간들
가느다란 일 년의 안젤루스*

어두워지면 길목에서 울었다
사랑하는 사람과

숲 속에서 들리는 목소리
그의 얼굴은 죽은 시인이었다

늙은 언덕 밑
피로한 계절과 부서진 악기

모이면 지난날을 이야기한다
누구나 저만이 슬프다고

가난을 등지고 노래도 잃은
안갯속으로 들어간 사람아

이렇게 밝은 밤이면

---

* Angelus. 가톨릭에서 매일 오전·정오·오후 세 차례, 종을 칠 때마다 드리는 삼종기도. 또는 종소리를 뜻한다. 원본에 '안제라스'로 쓰임.

빛나는 수목樹木이 그립다

바람이 찾아와 문은 열리고
찬 눈은 가슴에 떨어진다

힘없이 반항하던 나는
겨울이라 떠나지 못하겠다

밤새우는 가로등
무엇을 기다리나

나도 서 있다
무한한 과실만 먹고

불행한 상송

산업은행 유리창 밑으로
대륙의 시민이 프롬나드*하던 지난해 겨울
전쟁을 피해온 연인은
총소리가 들리지 않는 과거로
수태受胎하며 뛰어다녔다.

폭풍의 뮤즈는 등화관제 속에
고요히 잠들고
이 밤 대륙은 한 개 과실처럼
대리석 위에 떨어졌다.

짓밟힌 나의 우월감이여
시민들은 한 사람 한 사람이 '데모스테네스***'
정치의 연출가는 도망한
아를르캉을 찾으러 돌아다닌다.

시장의 조마사調馬師는
밤에 가장 가까운 저녁때

---

* Promenade 산책하다
** Demosthenes 연습벌레 데모스테네스 아테네의 10대 웅변가 중 한 사람.
아테네 독립을 위해 마케도니아에 맞서 싸우다 실패후 자살했다.

웅계雄鷄가 노래하는 블루스에 화합되어
　　평행면체의 도시계획을 코스모스가 피는
한촌寒村으로 안내하였다.

　　의상점에 신화神話한 마네킹
　　저 기적은 Express for Mukden[*]
　　마로니에는 창공에 동결되고
　　기적처럼 사라지는 여인의 그림자는
　　재스민의 향기를 남겨주었다.

---

* 중국 동북 지방의 중심도시인 선양의 빈구 이 이름의 영문표기

인천항

사진잡지에서 본 향항香港 야경을 기억하고 있다
그리고 중일전쟁 때
상해上海 부두를 슬퍼했다

서울에서 30킬로를 떨어진 곳에
모든 해안선과 공통되어 있는
인천항이 있다

가난한 조선의 프로필을
여실히 표현한 인천 항구에는
상관商館도 없고
영사관도 없다

따뜻한 황해의 바람이
생활의 도움이 되고자
냅킨 같은 만내灣內에 뛰어들었다

해외에서 동포들이 고국을 찾아들 때
그들이 처음 상륙한 곳이
인천 항구이다

그러나 날이 갈수록
은주銀酒와 아편과 호콩이 밀선密船에 실려오고

태평양을 건너 무역풍을 탄 칠면조가
인천항으로 나침羅針을 돌렸다

서울에서 모여든 모리배는
중국서 온 헐벗은 동포의 보따리같이
화폐의 큰 뭉치를 등지고
황혼의 부두를 방황했다

밤이 가까울수록
성조기가 퍼덕이는 숙사宿舍와
주둔소駐屯所의 네온사인은 붉고
정크의 불빛은 푸르며
마치 유니언잭이 날리던
식민지 향항의 야경을 닮아간다

조선의 해항海港 인천의 부두가
중일전쟁 때 일본이 지배했던
상해의 밤을 소리 없이 닮아 간다

정신의 행방을 찾아

선량한 우리의 조상은
투리키스탄* 광막한 평지에서
근대정신을 발생시켰다
그러므로 폭풍 속의 인류들이여
홍적세기洪積世紀의 자유롭던 수륙분포를
오늘의 문명 불모의 지구와 평가할 때
우리가 보유하여 온 순수한 객관성은 가치가 없다

중화민국 황서성 북경 근교
자바(피테칸트로푸스)를 가리켜
전란과 망각의 토지라 함이
인류의 고뇌를 지적할 수 있는 것이다
미래에의 수목처럼 기억에 의지되어 세월을 등지고
육체와 노예―
어제도 오늘도 전지戰地에서 사라진 사고思考의 비극

영원의 바다로 밀려간 반란의 눈물
화산처럼 열을 토하는 지구의 시민
냉혹한 자본의 권한에 시달려

---

* 중앙아시아 지역으로 한국인의 발생지라는 설이 있다.

또다시 자유 정신의 행방을 찾아
추방, 기아
오, 한없이 이동하는 운명의 순교자
사랑하는 사람의 의상마저
이미 생명의 외접선에서 폭풍에 날아갔다

온 세상에 피의 비와 종소리가 그칠 때
시끄러운 시대는 어디로 가나
강열한 싸움 속에서
자유와 민족이 이지러지고
모든 건축과 원시의 평화는
새로운 증오에 쓰러져 간다
아 오늘날 모든 시민은
적막한 생명의 존속을 지킬 뿐이다

사랑의 Parabola

어제의 날개는 망각 속으로 갔다.
부드러운 소리로 창을 두들기는 햇빛
바람과 공포를 넘고
밤에서 맨발로 오는 오늘의 사람아

떨리는 손으로 안개 낀 시간을 나는 지켰다.
희미한 등불을 던지고
열지 못할 가슴의 문을 부쉈다.

새벽처럼 지금 행복하다
주위의 혈액은 살아 있는 인간의 진실로 흐르고
감정의 운하로 표류하던
나의 그림자는 지나간다.

내 사랑아
너는 찬 기후에서 긴 행로를 시작했다 그러므로
폭풍우도 서슴치 않고 참혹마저 무섭지 않다.

짧은 하루 허나
너와 나의 사랑의 포물선은
권력없는 지구 끝으로

오늘의 위치의 연장선이
노래의 형식처럼 내일로
자유로운 내일로……

지하실

황갈색 계단을 내려와
모인 사람은
도시의 지평에서 싸우고 왔다

눈앞에 어리는 푸른 시그널
그러나 떠날 수 없고
모두들 선명한 기억 속에 잠든다

달빛 아래
우물을 푸던 사람도
지하의 비밀은 알지 못했다

이미 밤은 기울어져가고
하늘엔 청춘이 부서져
에메랄드의 불빛이 흐른다

겨울의 새벽이여
너에게도 지열과 같은 따스함이 있다면
우리의 이름을 불러라

아직 바람과 같은

속력이 있고
투명한 감각이 좋다

전원

1
홀로 세우는 밤이었다.
지난 시인詩人의 걸어온 길을
나의 꿈길에서 부딪쳐 본다.
적막한 곳엔 살 수 없고
겨울이면 눈이 쌓일 것이
걱정이다.
시간이 갈수록
바람은 모여들고
한칸 방은 잘 자리도 없이
좁아진다.
밖에는 우수수
낙엽소리에
나의 몸은
점점 무거워진다.

2
풍토의 냄새를
산마루에서
지킨다.

내 가슴보다도
더욱 쓰라린
늙은 농촌의 황혼
언제부터 시작되고
언제 그치는
나의 슬픔인가.
지금 쳐다보기도 싫은
기울어져 가는
만하晚夏
전선위에서
제비들은
바람처럼
나에게 작별한다.

3
찾아든 고독 속에서
가까이 들리는
바람소리를 사랑하다.
창을 부수는 듯
별들이 보였다.

7월의
저무는 전원
시인이 죽고
괴로운 세월은
어데론지 떠났다.
비 나리면
떠난 친구의
목소리가
강물보다도
내 귀에
서늘하게 들리고
여름의 호흡이
쉴새없이
눈앞으로 지난다.

4
절름발이 내 어머니는
삭풍에 쓰러진
고목 옆에서 나를
불렀다.

얼마 지나
부서진 추억을 안고
염소처럼 나는
울었다.
마차가 넘어간
언덕에 앉아
지평에서 걸어오는
옛 사람들의
모습을 본다.
생각이 타오르는
연기는
마을을 덮었다.

열차

궤도 위에 철의 풍경을 질주하면서
그는 야생한 신시대의 행복을 전개한다
– 스티븐 스펜더

폭풍이 머문 장거장 거기가 출발점

정력과 새로운 의욕 아래

열차는 움직인다

격동의 시간

꽃의 질서를 버리고

공규空閨한 운명처럼

열차는 떠난다

검은 기억은 전원田園에 흘러가고

속력은 서슴없이 죽음의 경사傾斜를 지난다

청춘의 복받침을

나의 시야에 던진채

미래에의 외접선을 눈부시게 그으며

배경은 핑크빛 향기로은 대화

깨진 유리창 밖 황폐한 도시의 잡음을 차고

율동하는 풍경으로

활주하는 열차

가난한 사람들의 슬픈 관습과

봉건의 터널 특권의 장막을 뚫고
핏비린 언덕 너머 곧
광선의 진로를 따른다
다음 헐벗은 수목의 집단 바람의 호흡을 안고
눈이 타오르는 처음의 녹지대
거기엔 우리들의 황홀한 영원의 거리가 있고
밤이면 열차가 지나온
커다란 고난과 노동의 불이 빛난다
혜성보다도
아름다운 새날보담도 밝게

2

살아 있는 것이 있다면
전쟁기 1950~1953

1950년대의 만가 挽歌

불안한 언덕 위에로
나는 바람에 날려간다
헤아릴 수 없는 참혹한 기억 속으로
나는 죽어간다
아 행복에서 차단된
지폐처럼 더럽힌 여름의 호반
석양처럼 타올랐던 나의 욕망과
예절 있는 숙녀들은 어데로 갔나
불안한 언덕에서
나는 음영처럼 쓰러져간다
무거운 고뇌에서 단순으로
나는 죽어간다
지금은 망각의 시간
서로 위기의 인식과 우애를 나누었던
아름다운 연대年代를 회상하면서
나는 하나의 모멸의 개념처럼 죽어간다

무도회

연기와 여자들 틈에 끼어
나는 무도회에 나갔다.

밤이 새도록 나는 광란의 춤을 추었다.
어떤 시체를 안고.

황제는 불안한 샹들리에와 함께 있었고
모든 물체는 회전 하였다.

눈을 뜨니 운하는 흘렀다.
술보다 더욱 진한 피가 흘렀다.

이 시간 전쟁은 나와 관련이 없다.
광란된 의식과 불모의 육체…… 그리고
일방적인 대화로 충만된 나의 무도회.

나는 더욱 밤 속에 가랁아 간다.
석고의 여자를 힘있게 껴안고

새벽에 돌아가는 길 나는 내 친우가
전사한 통지를 받았다.

검은 신이여

저 묘지 위에서 우는 사람은 누구입니까.

저 파괴된 건물에서 나오는 사람은 누구입니까.

검은 바다에서 연기처럼 꺼진 것은 무엇입니까.

인간의 내부에서 사멸된 것은 무엇입니까.

일년이 끝나고 그 다음에 시작되는 것은 무엇입니까.

전쟁이 빼어 간 나의 친우는 어데서 만날 수 있습니까.

슬픔 대신에 나에게 죽음을 주시오.

인간을 대신하여 세상을 풍설로 뒤덮어 주시오.

건물과 창백한 묘지 있던 자리에

꽃이 피지 않도록.

하루의 일 년의 전쟁의 처참한 추억은

검은 신이여

그것은 당신의 주제일 것입니다.

서부전선에서

싸움이 다른 곳으로 이동한
이 작은 도시에
연기가 오른다.
종소리가 들린다.
희망의 내일이 오는가.
비참한 내일이 오는가.
아무도 확언하는 사람은 없었다.

그러나 연기 나는 집에는
흩어진 가족이 모여들었고
비 내린 황톳길을 걸어
여러 성직자는 옛날 교주로 돌아왔다.

'신神이여 우리의 미래를 약속하시오
회한과 불안에 얽메인 우리에게 행복을 주시오'
주민은 오직 이것만을 원한다.

군대는 북北으로 북北으로 갔다.
토막土幕에서도 웃음이 들린다.
비둘기들이 화창한
봄의 햇볕을 쪼인다.

신호탄

수색대장 K중위는 신호탄을 울리며
적병 30명과 함께 죽었다
1951년 1월

위기와 영광을 고할 때
신호탄은 터진다.
바람과 함께 살던 유년幼年도
떠나간 행복의 시간도
무거운 복잡에서
더욱 단순으로 순화醇化하여 버린다.

옛날 식민지의 아들로
검은 땅덩어리를 밟고
그는 주검을 피해
태양 없는 처마 끝을 걸었다.

어두운 밤이여
마지막 작별의 노래를
그 무엇으로 표현하였는가.
슬픈 인간의 유형類型을 벗어나
참다운 해방을
그는 무엇으로 신호하였는가.

47

'적을 쏘라
침략자 공산군을 사격하라.
내 몸뚱어리가 벌집처럼 터지고
뻘건 피로 화할 때까지
자장가를 불러주신 어머니
어머니 나를 중심으로 한 주변에
기총을 소사하시오 적은 나를 둘러쌌소'

생과 사의 눈부신 외접선을 그으며
하늘에 구멍을 뚫은 신호탄
그가 침묵한 후
구멍으로 끊임없이 비가 내렸다.
단순에서 더욱 주검*으로
그는 나와 자유의 그늘에서 산다.

---

* 원문 그대로 살렸다. 죽음은 관념이며 주검은 실체(송장)로 시인은 이미지로 보이길 원했으리라 믿는다.

회상의 긴 계곡

아름답고 사랑처럼 무한히 슬픈
회상의 긴 계곡
그랜드 쇼우처럼 인간의 운명이 허물어지고
검은 연기여 올라라
검은 환영幻影이여 살아라.

안개 내린 시야에
신부新婦의 베일인가 가늘은 생명의 연속이
최후의 송가와
불안한 발걸음에 맞추어
어데로인가
황폐한 토지의 외부로 떠나가는데
울음으로서 죽음을 대치하는
수없는 악기들은
고요한 이 계곡에서 더욱 서럽다.

강기슭에서 기약할 것 없이 쓰러지는
하루만의 인생
화려한 욕망
여권旅券은 산산이 찢어지고
낙엽처럼 길 위에 떨어지는

캘린더의 향수를 안고
자전거의 소녀여 오늘을 살자.

군인이 피워 물던
물뿌리와 검은 연기의 인상과
위기에 가득 찬 세계의 변경
이 회상의 긴 계곡 속에서도
열을 지어 죽음의 비탈을 지나는
서럽고 또한 환상에 속은
어리석은 영원한 순교자.
우리들.

미래의 창부 娼婦
— 새로운 신에게

여윈 목소리로 바람과 함께
우리는 내일을 약속하지 않는다.
승객이 사라진 열차 안에서
오 그대 미래의 창부娼婦여
너의 희망은 나의 오해와
감흥만이다.

전쟁이 머무른 정원에
설레이며 다가드는
불운한 편력의 사람들
그 속에 나의 청춘이 자고
희망이 살던
오 그대 미래의 창부娼婦여
너의 욕망은
나의 질투와 발광만이다.

향기 짙은 젖가슴을
총알로 구멍내고
암흑의 지도, 고절孤絶된 치마 끝을
피와 눈물과
최후의 생명으로 이끌며

오 그대 미래의 창부娼婦여
너의 목표는 나의 무덤인가.
너의 종말도 영원한 과거인가.

살아 있는 것이 있다면

현재의 시간과 과거의 시간은
거의 모두가 미래의 시간 속에 나타난다
- T.S 엘리엇

살아 있는 것이 있다면
그것은 나와 우리들의 죽음보다도
더한 냉혹하고 절실한
회상과 체험일지도 모른다.

살아 있는 것이 있다면
여러 차례의 살육에 복종한 생명보다도
더한 복수와 고독을 아는
고뇌와 저항일지도 모른다.

한 걸음 한 걸음 나는 허물어지는
정적靜寂과 초연硝煙의 도시 그 암흑 속으로……
명상과 또다시 오지 않을 영원한 내일로……
살아 있는 것이 있다면
유형流刑의 애인처럼 손잡기 위하여
이미 소멸된 청춘의 반역을 회상하면서
회의와 불안만이 다정스러운
모멸의 오늘을 살아나간다.

— 아 최후로 이 성자聖者의 세계에
살아 있는 것이 있다면 분명히
그것은 속죄의 회화繪畫 속의 나녀裸女와
회상도 고뇌도 이제는 망령에게 팔은
철없는 시인
나의 눈감지 못한
단순한 상태의 시체일 것이다—

낙하

미끄럼판에서
나는 고독한 아킬레스처럼
불안의 깃발 날리는
땅 위에 떨어졌다
머리 위의 별을 헤아리면서

그후 20년
나는 운명의 공원 뒷담 밑으로
영속된 죄의 그림자를 따랐다.

아 영원히 반복되는
미끄럼판의 승강
친근에의 증오와 또한
불행과 비참과 굴욕에의 반항도 잊고
연기 흐르는 쪽으로 달려가면
오욕의 지난날이 나를 더욱 괴롭힐 뿐.

멀리선 회색사면斜面과
불안한 밤의 전쟁
인류의 상흔과 고뇌만이 늘고
아무도 인지지 못할

망각의 이 지상에서
더욱 더욱 가랁아 간다.

처음 미끄럼판에서
내리달린 쾌감도
미지의 숲 속을
나의 청춘과 도주하던 시간도
나의 낙하하는
비극의 그늘에 있다.

세 사람의 가족

나와 나의 청순한 아내
여름날 순백한 결혼식이 끝나고
우리는 유행품으로 화려한
상품의 쇼우윈도우를 바라보며 걸었다.

전쟁이 머물고
평온한 지평에서
모두의 단편적인 기억이
비둘기의 날개처럼 솟아나는 틈을 타서
우리는 내성內省과 회한에의 여행을 떠났다

평범한 수확의 가을
겨울은 백합처럼 향기를 풍기고 온다
죽은 사람들은 싸늘한 흙 속에 묻히고
우리의 가족은 세 사람.

토르소 그늘 밑에서
나의 불운한 편력인 일기책이 떨고
그 하나 하나의 지면紙面은
음울한 회상의 지대로 날아갔다.

아 창백한 세상과 나의 생애에
종말이 오기전에
나는 고독한 피로에서
빙화氷花처럼 잠들은 지나간 세월을 위해
시를 써본다

그러나 창 밖
암담한 상가
고통과 구토가 동결된 밤의 쇼윈도우
그 곁에는
절망과 기아의 행렬이 밤을 새우고
내일이 온다면
이 정막靜寞의 거리에 폭풍이 분다

3

전쟁 후의 나날

1954~1956

부드러운 목소리로 이야기할 때

나는 언제나 샘물처럼 흐르는
그러한 인생의 복판에 서서
전쟁이나 금전이나 나를 괴롭히는 물상物象과
부드러운 목소리로 이야기할 때
한줄기 소낙비는 나의 얼굴을 적신다.

진정코 내가 바라던 하늘과 그 계절은
푸르고 맑은 내 가슴을 눈물로 스치고
한때 청춘과 바꾼 반항도
이젠 서적처럼 불타버렸다.

가고 오는 그러한 제상諸相과 평범 속에서
술과 어지러움을 한恨하는 나는
어느 해 여름처럼 공포에 시달려
지금은 하염없이 죽는다.

사라진 일체의 나의 애욕아
지금 형태도 없이 정신을 잃고
이 쓸쓸한 들판
아니 이즈러진 길목 처마 끝에서
부드러운 목소리로 이야기한들

우리들 또다시 살아 나갈 것인가.

정막靜寞처럼 잔잔한
그러한 인생의 복판에 서서
여러 남녀와 군인과 또는 학생과
이처럼 쇠퇴한 철없는 시인이
불안이다 또는 황폐롭다
부드러운 목소리로 이야기한들
광막한 나와 그대들의 기나긴 종말의 노성은
예나 지금이나 변함없노라.

오 난해한 세계
복잡한 생활 속에서
이처럼 알기 쉬운 몇 줄의 시와
말라 버린 나의 쓰디쓴 기억을 위하여
전쟁이나 사나운 애정을 잊고
넓고도 간혹 좁은 인간의 단상에 서서
내가 부드러운 목소리로 이야기할 때
우리는 서로 만난 것을 탓할 것인가
우리는 서로 헤어질 것을 원할 것인가.

눈을 뜨고도

우리들의 섬세한 추억에 관하여
확신할 수 있는 잠시
눈을 뜨고도
볼 수 없는 상태는 어찌할 수가 없었다.

진눈깨비처럼 아니
이지러진 사랑의 환영幻影처럼
빛나면서도
암흑처럼 다가오는
오늘의 공포
거기 나의 기묘한 청춘은 자고
세월은 간다.

녹슬은 흉부에
잔잔한 물결에 회상과 회한은 없다.

푸른 하늘가를
기나긴 하계夏季의 비는 내렸다.
겨레와 울던 감상感像의 날도
진실로
눈을 뜨고 볼수 없는 상태

우리는 결코
맹목의 시대에 살고 있는 것인가.
시력은 복종의 그늘을 찾고 있는 것인가

지금 우수에 잠긴 현창舷窓에 기대어
살아 있는 자의 선택과
죽어간 놈의 침묵처럼
보이지는 않으나 관능과 의지의
믿음만을 원하며
목을 굽히는 우리들
오 인간의 가치와
조용한 지면地面에 파묻힌 사자死者들

또 하나의 환상과
나의 불길한 혐오
참으로 조소嘲笑로운 인간의 주검과
눈을 뜨고도
볼 수 없는 상태
얼마나 무서운 치욕이냐.
단지 존재와 부재의 사이에서

일곱 개의 층계

가만히 눈을 감고 생각하니
지난 하루하루가 무서웠다.
무엇이나 거리낌 없이 말했고
아무에게도 협의해 본 일이 없던
불행한 연대年代였다.

비가 줄줄 내리는 새벽
바로 그때이다
죽어간 청춘이
땅속에서 솟아나오는 것이……
그러나 나는 뛰어들어
서슴없이 어깨를 거느리고
악수한 채 피 묻은 손목으로
우리는 암담한 일곱 개의 층계를 내려갔다.

'인간의 조건'의 앙드레 말로
'아름다운 지구地區'의 아라공
모두들 나와 허물없던 우인友人
황혼이면 피곤한 육체로
우리의 개념이 즐거이 이름 불렀던
'정신과 관련의 호텔'에서

말로는 이 빠진 정부情婦와
아라공은 절름발이 사상과
나는 이들을 응시하면서……
이러한 바람의 낮과 애욕의 밤이
회상의 사진처럼
부질하게 내 눈앞에 오고간다.

가을의 유혹

가을은 내 마음에
유혹의 길을 가리킨다
숙녀들과 바람의 이야기를 하면
가을은 다정한 피리를 불면서
회상의 풍경을 지나가는 것이다.

전쟁이 길게 머무른 서울의 노대露臺에서
나는 모딜리아니의 화첩을 뒤적거리며
정막靜寞한 하나의 생애의 한시름을
찾아보는 것이다
그러한 순간
가을은 청춘의 그림자처럼 또는
낙엽 모양 나의 발목을 끌고
즐겁고 어두운 사념思念의 세계로 가는 것이다.

즐겁고 어두운 가을의 이야기를 할 때
목메인 소리로 나는 사랑의 말을 한다
그것은 폐원廢園에 있던 벤치에 앉아
고갈된 분수를 바라보며
지금은 죽은 소녀의 팔목을 잡던 것과 같이

쓸쓸한 옛날의 일이며
여름은 느리고 인생은 가고
가을은 또다시 오는 것이다

회색 양복과 목관 악기는 어울리지 않는다
그저 목을 늘어트리고
눈을 감으면
가을의 유혹은 나로 하여금 잊을 수 없는
사랑의 사람으로 한다
눈물 젖은 눈동자로 앞을 바라보면
인간이 매몰될 낙엽이
바람에 날리어 나의 주변을 휘돌고 있다.

센티멘털 저니

주말여행
엽서······ 낙엽
낡은 유행가의 설움에 맞추어
피폐한 소설을 읽던 소녀.

이태백의 달은
울고 떠나고
너는 벽화에 기대어
담배를 피우는 숙녀.

카프리 섬의 원정園丁
파이프의 향기를 날려 보내라
이브는 내 마음에 살고
나는 그림자를 잡는다.

세월은 관념
독서는 위장
거저 죽기 싫은 예술가.

오늘이 가고 또 하루가 온들
도시에 분수는 시들고

어제와 지금의 사람은
천상天上 유사 有事를 모른다.

술을 마시면 즐겁고
비가 내리면 서럽고
분별이여 구분이여.

수목은 외롭다
혼자 길을 가는 여자와 같이
정다운 것은 죽고
다리 아래 강은 흐른다.

지금 수목에서 떨어지는 엽서
긴 사연은
구름에 걸린 달 속에 묻히고
우리들은 여행을 떠난다
주말여행
별말씀
거저 옛날로 가는 것이다.
아 센티멘털 저니
센티멘털 저니

밤의 미매장

— 우리들을 괴롭히는 것은 주검이 아니라 장례식이다.

　당신과 내일 부터는 만나지 맙시다.
　나는 다음에 오는 시간부터는 인간의 가족이
아닙니다.
　왜 그러할 것인지 모르나
　지금처럼 행복해서는
　조금 전처럼 착각이 생겨서는
　다음부터는 피가 마르고 눈은 감길 것입니다.

　사랑하는 당신의 침대에서
　내가 바랄 것이란 나의 비참이 연속되었던
　수없는 음영의 연월年月이
　이 행복의 순간처럼 속히 끝나 줄 것입니다.
　……뇌우속의 천사
　그가 피를 토하며 알려주는 나의 위치는
　광막한 황지荒地에 세워진 궁전보다도 더욱 꿈같고
　나의 편력처럼 애처롭다는 것입니다.

　사랑하는 당신의 부드러운 젖과 가슴을 내 품안에
안고
　나는 당신이 죽는 곳에서 내가 살며
　내가 죽는 곳에서 당신의 출발이 시작된다고……

황홀히 생각합니다.
그리고 저기 무지개처럼 허공에 그려진
감촉과 향기만이 짙었던 청춘의 날을 바라봅니다.

당신은 나의 품속에서 신비와 아름다운 육체를
숨김없이 보이며 잠이 들었읍니다.
불멸의 생명과 나의 사랑을 대치하셨읍니다.
호흡이 끊긴 불행한 천사……
당신은 빙화氷花처럼 차가우면서도
아름답게 행복의 어두움속으로 떠나셨습니다.
고독과 함께 남아있는 나와
희미한 감응의 시간과는 이젠 헤어집니다.
장송곡을 연주하는 관악기모양
최종 열차의 기적이 정신을 두드립니다.
시체인 당신과
벌거벗은 나와의 사실을
불안한 지구에 남기고
모든 것은 물과 같이 사라집니다.

사랑하는 순수한 불행이여 비참이여 착각이여
결코 그대만은

언제까지나 나와 함께 있어주시오.
내가 의식하였던
감미한 육체와 회색사랑과
관능적인 시간은 참으로 짧았읍니다.
잃어버린 것과
욕망에 살던 것은……
사랑의 잔체와 함께 소멸되었고
나는 다음에 오는 시간 부터는 인간의 가족이
아닙니다.
영원한 밤
영원한 육체
영원한 밤의 미매장
나는 이국의 여행자처럼
무덤에 핀 차가운 흑장미를 가슴에 담니다.
그리고 불안과 공포에 펄떡이는
사자死者의 의상을 몸에 휘감고
바다와 같은 묘망한 암흑속으로 되돌아 갑니다.
허나 당신은 나의 품안에서 의식은 회복지
못합니다.

새벽 한시의 시

대낮보다도 눈부신
포오틀란드의 밤거리에
단조로운 글렌 밀러*의 랩소디가 들린다.
쇼윈도우에서 울고 있는 마네킹.

앞으로 남지 않은 나의 잠시를 위하여
기념이라고 진피즈를 마시면
녹슬은 가슴과 뇌수에 차디찬 비가 내린다.

나는 돌아가도 친구들에게 얘기할 것이 없구나
유리로 만든 인간의 묘지와
벽돌과 콘크리트 속에 있던
도시의 계곡에서
흐느껴 울었다는 것 외에는......

천사처럼
나를 매혹시키는 허영의 네온.
너에게는 안구가 없고 정서가 없다.

---

* Glenn Miller(1904~1944)는 독일계 미국인 트럼본 연주자, 글렌 밀러
관현악단의 창단자이다. 재즈를 초기 미국 대중문화로 자리잡게 한 인물들 중
하 몌

여기선 인간이 생명을 노래하지 않고
침울한 상념만이 나를 구한다.

바람에 날려온 먼지와 같이
이 이국의 땅에선 나는 하나의 미생물이다.
아니 나는 바람에 날려와
새벽 한시 기묘한 의식으로
그래도 좋았던
부식된 과거로
돌아가는 것이다.

(포틀랜드에서)

영원한 일요일

날개 없는 여신이 죽어 버린 아침
나는 폭풍에 싸여
주검의 일요일을 올라간다.

파란 의상을 감은 목사와
죽어가는 놈의
숨가쁜 울음을 따라
비탈에서 절름거리며 오는
나의 형제들

절망과 자유로운
모든 것을……

싸늘한 교외의 사구砂丘에서
모진 소낙비에 으끄러지며
자라지 못하는 유용 식물有用植物
예절처럼 떠나버리는 태양.

수인囚人이여
지금은 희미한 철형凸形의 시간
오늘은 일요일

너희들은 다행하게도
다음날에의
비밀을 갖지 못했다.

절름거리며 교회에 모인 사람과
수족이 완전함에 불구하고
복음도 기도도 없이
떠나가는 사람과

상풍傷風된 사람들이여
영원한 일요일이여.

에버렛의 일요일

분란인芬蘭人*미스터 몬은
자동차를 타고 나를 데리러 왔다.
에버렛의 일요일
와이셔츠도 없이 나는 한국 노래를 했다.
그저 쓸쓸하게 가냘프게
노래를 부르면 된다.
……파파 러브스 맘보……
춤을 추는 돈나
개와 함께 어울려 호숫가를 걷는다.

텔레비전도 처음 보고
칼로리가 없는 맥주도 처음 마시는
마음만의 신사
즐거운 일인지 또는 슬픈 일인지
여기서 말해 주는 사람은 없다.
석양.
낭만을 연상케 하는 시간.
미칠 듯이 고향 생각이 난다.

---

* 핀란드인의 한자어 표기

그래서 몬과 나는
이야기할 것이 없었다. 이젠
헤져야 된다.

(에베레트에서)

미스터 모의 생과 사

입술에 피를 바르고
미스터 모는 죽는다.

어두운 표본실에서
그의 생존 시의 기억은
　　　미스터 모의 여행을
　　　기다리고 있었다.

원인도 없이
유산遺産은 더욱 없이
미스터 모는 생과 작별하는 것이다.

일상이 그러한 것과 같이
주검*은 친우와도 같이
　　　다정스러웠다.

미스터 모의 생과 사는
신문이나 잡지의 대상이 못 된다.
오직 유식한 의학도의
일편一片의 소재로서

---

* 1행에 이어 2행 '어두운 표본실에서 / 그의 생존 시의 기억은'에서처럼 실체
이미지의 주검이 맞다.

해부의 대臺에 그 여운을 남긴다.

무수한 촉광 아래
상흔은 확대되고
미스터 모는 죄가 많았다.
그의 청순한 아내
지금 행복은 의식의 중간을 흐르고 있다.

결코
평범한 그의 죽음*을 비극이라 부를 수 없었다.
산산이 찢어진 불행과
결합된 생과 사와
이러한 고독의 존립을 피하며
미스터 모는
영원히 미소하는 심상心象을
손쉽게 잡을 수가 있었다.

---

* 죽음의 의미라서 그대로 놔두었다.

여행

나는 나도 모르는 사이에 먼 나라로
여행의 길을 떠났다.
수중엔 돈도 없이
집엔 쌀도 없는 시인이
누구의 속임인가
나의 환상인가
그저 배를 타고
많은 인간이 죽은 바다를 건너
낯설은 나라를 돌아다니게 되었다

비가 내리는 주립공원을 바라보면서
이백 년 전
이 다리 아래를 흘러간 사람의 이름을
수첩에 적는다
캡틴 × ×
그 사람과 나는 관련이 없건만
우연히 온 사람과 죽은 사람은
저기 푸르게 잠든 호수의 수심을
잊을 수 없는 것일까

거룩한 자유의 이름으로 알려진 토지
부성한 삼림이 있고

비렴계관飛廉桂管*과 같은 집이
연이어 있는 아메리카 도시
시애틀의 네온이 붉은 거리를
실신한 나는 간다
아니 나는 더욱 선명한 정신으로
태번에 들어가 향수를 본다

이지러진 회상
불멸의 고독
구두에 남은 한국의 진흙과
상표도 없는 공작의 연기
그것은 나의 자랑이다
나의 외로움이다

또 밤거리
거리의 음료수를 마시는
포틀란드 이방인
저기
가는 사람은 나를 무엇으로 보고 있는가.

(포오틀란드에서)

---

* 중국 한무제가 장안에 세운 도관으로 화려한 건물을 말함.

수부들

수부水夫들은 갑판에서
갈매기와 이야기한다
……너희들은 어디서 왔니……
화란 성냥으로 담배를 붙이고
싱가폴 밤거리의 여자
지금도 생각이 난다.
동상銅像처럼 서서 부두에서 기다리겠다는
얼굴이 까만 입술이 짙은 여자
파도여 꿈과 같이 부숴지라
헤아릴 수 없는 순백한 밤이면
하모니카 소리도 처량하구나
포오틀란드 좋은 고장 술집이 많아
크레온 칠한 듯이 네온이 밝은 밤
아리랑 소리나 한번 해보자

(포오틀란드에서 이 시詩는 겨우 우리말을 쓸 수 있는
어떤 수부水夫의 것을 내 이미지로 고쳤다.)

충혈된 눈동자

STRAIT OF JUAN DE FUCA[*]를 어제 나는
지났다.
눈동자에 바람이 휘도는
이국의 항구 올림피아
피를 토하며 잠 자지 못하던 사람들이
행복이나 기다리는 듯이 거리에 나간다.

착각이 만든 네온의 거리
원색과 혈관은 내 눈엔 보이지 않는다.
거품에 넘치는 술을 마시고
정욕에 불타는 여자를 보아야 한다.
그의 떨리는 손가락이 가리키는
무거운 침묵 속으로 나는
발버둥 치며 달아나야 한다.

세상은 좋았다
피의 비가 나리고
주검의 재가 날리는 태평양을 건너서
다시 올 수 없는 사람은 떠나야 한다
아니 세상은 불행하다고 나는 하늘에

---

* 캐나다 벤쿠버 섬과 미국 사이에 후안데푸카 해협을 가리킨다.

고함친다
몸에서
베고니아처럼 화끈거리는 욕망을 위해
거짓과 진실을 마음대로 써야 한다.

젊음과 그가 가지는 기적奇蹟은
내 허리에 비애의 그림자를 던졌고
도시의 계곡 사이를 달음박질치는
육중한 바람을
충혈된 눈동자는 바라다보고 있었다.

(올림피아에서)

태평양에서

갈매기와 하나의 물체
'고독'
년월年月도 없고 태양은 차갑다.
나는 아무 욕망도 갖지 않겠다.
더욱이 낭만과 정서는
저기 부서지는 거품 속에 있어라.

죽어간 자의 표정처럼
무겁고 침울한 파도 그것이 노할 때
나는 살아있는 자라고 외칠 수 없었다.
거저 의지의 믿음만을 위하여
심유深幽한 바다 위를 흘러가는 것이다.

태평양에 안개가 끼고 비가 내릴 때
검은 날개에 검은 입술을 가진
갈매기들이 나의 가까운 시야에서 나를 조롱한다.
'환상'
나는 남아있는 것과
잃어버린 것과의 비례를 모른다.

옛날 불안을 이야기했었을 때
이 바다에선 포함砲艦이 가라앉고
수십만의 인간이 죽었다.
어두침침한 조용한 바다에서 모든 것은 잠이 들었다.
그렇다. 나는 지금 무엇을 의식하고 있는가?
단지 살아 있다는 것만으로서.

바람이 분다.
마음대로 불어라. 나는 덱*에 매달려
기념이라고 담배를 피운다.
무한한 고독. 저 연기는 어디로 가나.

밤이여. 무한한 하늘과 물과 그 사이에
나를 잠들게 하라.

(태평양에서)

---

* deck 집편

십오일 간

깨끗한 시트 위에서
나는 몸부림을 쳐도 소용이 없다.
공간에서 들려오는 공포의 소리
좁은 방에서 나비들이 날은다
그것을 들어야 하고
그것을 보아야 하는
의식
오늘은 어제와 분별이 없건만
내가 애태우는 사람은 날로 멀건만
죽음을 기다리는 수인囚人과 같이
권태로운 하품을 하여야 한다.

창밖에 나리는 미립자
거짓말이 많은 사전
할 수 없이 나는 그것을 본다
변화가 없는 바다와 하늘 아래서
욕할 수 있는 사람도 없고
알래스카에서 달려온 갈매기처럼
나의 환상幻想세계를 휘돌아야 한다.

위스키 한 병 담배 열 갑

아니 내 정신이 소모되어 간다. 시간은
십오일 간을 태평양에서는 의미가 없다.
하지만
고립과 콤플렉스의 향기는
내 얼굴과 금 간 육체에 젖어 버렸다.

바다는 노하고 나는 잠들려고 한다
누만년累萬年의 자연 속에서 나는 자아를 꿈꾼다.
그것은 기묘한 욕망과
회상의 파편을 다듬는
음참陰慘한 망집妄執이기도 하다.

밤이 지나고 고뇌의 날이 온다.
척도를 위하여 커피를 마신다.
사변은 철과 거대한 비애에 잠긴
하늘과 바다.
그래서 나는 어제 외롭지 않았다.

(태평양에서)

불신의 사람

나는 바람이 길게 멈출 때
항구의 등불과
그 위대한 의지의 설움이
불멸의 씨를 뿌리는 것을 보았다.

폐에 밀려드는 싸늘한 물결처럼
불신의 사람과 망각의 잠을 이룬다.

피와 외로운 세월과
투영되는 일체의 환상과
시詩 보다도 더욱 가난한 사랑과
떠나는 행복과 같이
속삭이는 바람과
오 공동묘지에서 퍼덕이는
시발과 종말의 깃발과
지금 밀폐된 이런 세계에서
권태롭게
우리는 무엇을 이야기하는가

등불이 꺼진 항구에
마지막 조용한 의지意志의 비는 나리고

내 불신의 사람은 오지 않았다
내 불신의 사람은 오지 않았다.

밤의 노래

정막靜寞한 가운데 인광처럼 비치는 무수한 눈
암흑의 지평은 자유에의 경계境界를 만든다.

사랑은 주검의 사면斜面으로 달리고
취약하게 조직된
나의 내면은
지금은 고독한 술병.

밤은 이 어두운 밤은
안테나로 형성되었다
구름과 감정의 경위도經緯度에서
나는 영원히 약속될
미래에의 절망에 관하여 이야기도 하였다.

또한 끝없이 들려오는 불안한 파장波長
내가 아는 단어와
나의 평범한 의식意識은
밝아올 날의 영역으로
위태롭게 인접되어 간다.

가느다란 노래도 없이

길목에선 갈대가 죽고
우거진 이신異神의 날개들이
깊은밤
저 기아飢餓의 별을 향하여 작별한다.

고막을 깨뜨릴 듯이
달려오는 전파
그것이 가끔 교회의 종소리에 합쳐
선을 그리며
내 가슴의 운석에 가랁아 버린다.

잠을 이루지 못하는 밤

넓고 개체 많은 토지에서
나는 더욱 고독하였다.
힘없이 집에 돌아오면 세 사람의 가족이
나를 쳐다보았다. 그러나
나는 차디찬 벽에 붙어 회상에 잠긴다.

전쟁 때문에 나의 재산과 친우가 떠났다.
인간의 이지理智를 위한 서적 그것은 잿더미가 되고
지난날의 영광도 날아가 버렸다.
그렇게 다정했던 친우도 서로 갈라지고
간혹 이름을 불러도 울림조차 없다.
오늘도 비행기의 폭음이 귀에 잠겨
잠이 오지 않는다.

잠을 이루지 못하는 밤을 위해 시를 읽으면
공백한 종이위에
그의 부드럽고 원만하던 얼굴이 환상처럼 어린다.
미래에의 기약도 없이 흩어진 친우는
공산주의자에게 납치되었다.
그는 사자死者만이 갖는 속도로
고뇌의 세계에서 탈주하였으리라.

정의의 전쟁은 나로 하여금 잠을 깨운다.
오래도록 나는 망각의 피안에서 술을 마셨다.
하루하루가 나에게 있어서는
비참한 축제이었다.
그러나 부단한 자유의 이름으로서
우리의 뜰 앞에서 벌어진 싸움을 통찰할 때
나는 내 출발이 늦은 것을 고한다.

나의 재산… 이것은 부스럭지
나의 생명… 이것도 부스럭지
아 파멸한다는 것이 얼마나 위대한 일이냐

마음은 옛과는 다르다, 그러나
내게 달린 가족을 위해 나는 참으로 비겁하다
그에게 나는 왜 머리를 숙이며 왜 떠드는 것일까.
나는 나의 말로를 바라본다.
그리하여 나는 혼자서 운다.

이 넓고 개체 많은 토지에게
나만이 지각이다.
언제 죽을지도 모르는 나는
생에 한없는 애착을 갖는다.

의혹의 기旗

얇은 고독처럼 퍼덕이는 기
그것은 주검과 관념의 거리를 알린다.

허망한 시간
또는 줄기찬 행운의 순시瞬時
우리는 도립倒立된 석고처럼
불길을 바라볼 수 있었다.

낙엽처럼 싸움과 청년은 흩어지고
오늘과 그 미래는 확립된 사념이 없다.

바람 속의 내성內省
허나 우리는 죽음을 원하지 않는다.
피폐한 토지에선
한줄기 연기가 오르고
우리는 아무 말도 없이 눈을 감았다.

최후처럼 인상印象은 외롭다.
안구眼球처럼 의욕은 숨길 수가 없다.
이러한 중간의 면적에
우리는 떨고 있으며

떨리는 깃발 속에
모든 인상과 의욕은 그 모습을 찾는다.

195…년의 여름과 가을에 걸쳐서
애정의 뱀은 어두움에서 암흑으로
세월과 함께 성숙하여 갔다.
그리하여 나는 비틀거리며
뱀이 걸어간 길을 피했다.

잊을 수 없는 의혹의 기
잊을 수 없는 환상의 기
이러한 혼란된 의식 아래서
아폴론은 위기의 병을 꺼안고
고갈된 세계에 가랁아 간다.

다리 위의 사람

다리 위의 사람은
애증과 부채負債를 자기 나라에 남기고
암벽에 부딪히는 파도 소리에 놀래
바늘과 같은 손가락은
난간을 쥐었다.
차디찬 철鐵의 고체
쓰디쓴 눈물을 마시며
혼란된 의식에 가랁아 버리는
다리 위의 사람은
긴 항로 끝에 이르는 정막한 토지에서
신의 이름을 부른다.

그가 살아오는 동안
풍파와 고절孤節은 그칠 줄 몰랐고
오랜 세월을 두고
DECEPTION PASS에도
비와 눈이 내렸다.
또 다시 헤어질 숙명이기에
만나야만 되는 것과 같이
지금 다리 위의 사람은
로사리오 해협에서 불어 오는

처량한 바람을 잊으려고 한다.
잊으려고 할 때 두 눈을 가로막는
새로운 불안
화끈거리는 머리
절벽 밑으로 그의 의식은 떨어진다.

태양이 레몬과 같이 물결에 흔들거리고
주립공원 하늘에는
에머랄드처럼 반짝거리는 기계가 간다.
변함없이 다리 아래 물이 흐른다
절망된 사람의 피와도 같이
파란 물이 흐른다
다리 위의 사람은
흔들리는 발걸음을 걷잡을 수가 없었다.

(아나코테스에서)

1953년의 여자에게

유행은 섭섭하게도
여자들에게서 떠났다.
왜?
그것은 스스로 기원을 찾기 위하여

어떠한 날
구름과 환상의 접경接境을 더듬으며
여자들은
불길한 옷자락을 벗어버린다.

회상의 푸른 물결처럼
고독은 세월에 살고
혼자서 흐느끼는
해변의 여신과도 같이
여자들은 완전한 시간을 본다.

황막한 연대年代여
거품과 같은 허영이여
그것은 깨어진 거울의 여윈 인상印象

필요한 것과

소모의 비례를 위하여
전쟁은 여자들의 눈을 감시한다.
코르셋으로 침해된 건강은
또한 유행은 정신의 방향을 봉쇄한다.

여기서 최후의 길손을 바라볼 때
허약한 바늘처럼
바람에 쓰러지는
무수한 육체
그것은 카인의 정부情婦보다
사나운 독을 풍긴다.

출발도 없이
종말도 없이
생명은 부질하게도
여자들에게서 어두움처럼 떠나는 것이다.
왜?
그것을 대답하기에는
너무도 준열한 사회가 있었다.

투명한 버라이어티

녹슬은
은행과 영화관과 전기 세탁기.

럭키 스트라이크
VANCE* 호텔 BINGO 게임.

영사관 로비에서
눈부신 백화점에서
부활제의 카드가
RAINIER 맥주가.

나는 옛날을 생각하면서
텔레비전의 LATE NIGHT NEWS를 본다.
카나다 CBC 방송국의
광란한 음악
입맞추는 신사와 창부娼婦.
조준은 젖가슴
아메리카 워싱톤 주.

---

* 시애틀에 있음

비에 젖은 소년과 담배
고절孤節된 도서관
오늘 올드 미스는 월경月經이다.

희극 여우喜劇女優처럼 눈살을 피면서
최현배 박사의 『우리 말본』을
핸드백 옆에 놓는다.

타이프라이터의 신경질
기계 속에서 나무는 자라고
엔진으로부터 탄생된 사람들

신문과 숙녀의 옷자락이 길을 막는다.
여송연을 물은 전 수상前 首相은
아메리카의 여자를 사랑하는지?

식민지의 오후처럼
회사의 깃발이 퍼덕거리고
페리이 코모의 '파파 러브스 맘보''

---

* 피피 러브스 맘보 당시의 유행곡

찢어진 트럼펫
구겨진 애욕.

데모크라시와 옷 벗은 여신과
칼로리가 없는 맥주와 유행과
유행에서 정신을 희열하는
디자이너와
표정이 경련痙攣하는 나와.

트렁크 위에 장미는 시들고
문명은 은근한 곡선을 긋는다.

조류鳥類는 잠들고
우리는 페인트 칠한 잔디밭을 본다
달리는 유니온 퍼시픽 안에서
상인商人은 쓸쓸한 혼약의 꿈을 꾼다.

반항적인 M.몬로의
날개 돋힌 의상.

교회의 일본어 선전물에서는

크레졸 냄새가 나고
옛날
루돌프 앨폰스 발렌티노의 주검을
비탄으로 맞이한 나라

그때의 숙녀는 늙고
아메리카는 청춘의 음영을 잊지 못했다.

스트립쇼
담배연기의 암흑
시력視力이 없는 네온사인.

그렇다 '성性의 10년'이 떠난 후
전장에서 청년은 다시 도망쳐 왔다.
자신과 영예와
구라파의 달을 바라보던 사람은……

혼란과 질서의 반복이
물결치는 거리에
고백의 시간은 간다.

집요하게 태양은 내리쪼이고
MT.HOOT의 눈은 변함이 없다.

연필처럼 가느다란 내 목구멍에서
내일이면 가치가 없는 비애로운 소리가 난다.

빈약한 사념思念

아메리카   모나리자
필립 모리스   모리스 브리지*

비정한 행복이라도 좋다
4월 10일의 부활제가 오기 전에
굿바이
굿 앤드 굿바이

---

* 포틀랜드에 있음

어린 딸에게

기총과 포성의 요란함을 받아가면서
너는 세상에 태어났다 주검의 세계로
그리하여 너는 잘 울지도 못하고
힘없이 자란다.

엄마는 너를 껴안고 삼개월간에
일곱 번이나 이사를 했다.

서울에 피와 비와
눈바람이 섞여 추위가 닥쳐오던 날
너는 입은 옷도 없이 벌거숭이로
화차貨車 위 별을 헤아리면서 남南으로 왔다.

나의 어린 딸이여 고통스러워도 애소哀訴도 없이
그대로 젖만 먹고 웃으며 자라는 너는
무엇을 그리우느냐.

너의 호수처럼 푸른 눈
지금 멀리 적을 격멸하러 바늘처럼 가느다란 기계는
간다. 그러나 그림자는 없다.

엄마는 전쟁이 끝나면 너를 호강시킨다 하나
언제 전쟁이 끝날 것이며
나의 어린 딸이여 너는 언제까지나
행복할 것인가.

전쟁이 끝나면 너는 더욱 자라고
우리들이 서울에 남은 집에 돌아갈 적에
너는 네가 어데서 태어났는지도 모르는
그런 계집애.

나의 어린 딸이여
너의 고향과 너의 나라가 어데 있느냐
그때까지 너에게 알려 줄 사람이
살아 있을 것인가.

한 줄기 눈물도 없이

음산한 잡초가 무성한 들판에
용사가 누워 있었다.
구름 속에 장미가 피고
비둘기는 야전병원 지붕 위에서 울었다.

존엄한 죽음을 기다리는
용사가 대열을 지어
전선으로 나가는 뜨거운 구두 소리를 듣는다.
아 창문을 닫으시오.

고지탈환전
제트기 박격포 수류탄
어머니! 마지막 그가 부를 때
하늘에서 비가 내리기 시작했다.

옛날은 화려한 그림책
한 장 한 장마다 그리운 이야기
만세소리도 없이 떠나
흰 붕대에 감겨
그는 남모르는 토지에서 죽는다.

한 줄기 눈물도 없이
인간이라는 이름으로서
그는 피와 청춘을
자유를 위해 바쳤다.

음산한 잡초가 무성한 들판엔
지금 찾아오는 사람도 없다.

검은 강

신이란 이름으로서
우리는 최종의 노정을 찾아보았다.

어느 날 역전에서 들려오는
군대의 합창을 귀에 받으며
우리는 죽으러 가는 자와는
반대 방향의 열차에 앉아
정욕처럼 피폐한 소설에 눈을 흘겼다.

지금 바람처럼 교차하는 지대
거기엔 일체의 부순한 욕망이 반사되고
농부의 아들은 표정도 없이
폭음과 초연이 가득찬
생과 사의 경지에 떠난다.

달은 정막보다도 더욱 처량하다.
멀리 우리의 시선을 집중한
인간의 피로 이룬
자유의 성채
그것은 우리와 같이 퇴각하는 자와는 관련이 없었다.

신이란 이름으로서
우리는 저 달 속에
암담한 검은 강이 흐르는 것을 보았다.

고향에 가서

갈대만이 한없이 무성한 토지가
지금은 내 고향.

산과 강물은 어느 날의 회화
피 묻은 전신주 위에
태극기 또는 작업모가 걸렸다.

학교도 군청도 내 집도
무수한 포탄의 작열과 함께
세상엔 없다.

인간이 사라진 고독한 신의 토지
거거 나는 동상처럼 서 있었다.
내 귓전에 싸늘한 바람이 설레이고
그림자는 망령과도 같이 무섭다.

어려서 그땐 확실히 평화로웠다.
운동장을 뛰어다니며
미래와 살던 나의 내 동무들은
지금은 없고
연기 한 줄기 나지 않는다.

황혼 속으로
감상 속으로
차는 달린다.
가슴 속에 흐느끼는 갈대의 소리
그것은 비창한 합창과도 같다.

밝은 달빛
은하수와 토끼
고향은 어려서 노래 부르던
그것 뿐이다.

비 내리는 사경斜傾의 십자가와
아메리카 공병이
나에게 손짓을 해 준다.

새로운 결의를 위하여

나의 나라 나의 마을 사람들은
아무 회한도 거리낌도 없이 거저
적의 침략을 쳐부수기 위하여
신부新婦와 그의 집을 뒤에 남기고
건조한 산악에서 싸웠다 그래서
그들의 운명은 노호怒號했다.
그들에겐 언제나 축복된 시간이 있었으나
최초의 피는 장미와 같이 가슴에서 흘렀다.
새로운 역사를 찾기 위한
오랜 침묵과 명상 그러나
죽은 자와 날개 없는 승리
이런 것을 나는 믿고 싶지가 않다.

더욱 세월이 흘렀다고 하자
누가 그들을 기억할 것이냐.
단지 자유라는 것만이 남아 있는 거리와
용사의 마을에서는
신부는 늙고 아비 없는 어린것들은
풀과 같이
바람 속에서 자란다.

옛날이 아니라 거저 절실한 어제의 이야기
침략자는 아직도 살아 있고
싸우러 나간 사람은 돌아오지 않고
무거운 공포의 시대는 우리를 지배한다.
아 복종과 다름이 없는 지금의 시간
의의를 잃은 싸움의 보람
나의 분노와 남아 있는 인간의 설움은
하늘을 찌른다.

폐허와 배고픈 거리에는
지나간 싸움을 비웃듯이 비가 내리고
우리들은 울고 있다.
어찌하여?
소기所期의 것은 아무것도 얻지 못했다.
원수들은 아직도 살아 있지 않는가.

식물

태양은 모든 식물에게 인사한다

식물은 이십사시간 행복하였다.

식물 위에 여자가 앉았고
여자는 반역한 환영幻影을 생각했다.

향기로운 식물의 바람이 도시에 분다.

모두들 창을 열고 태양에게 인사한다.

식물은 이십사시간 잠들지 못했다.

서정가 抒情歌

실신한 듯이 목욕하는 청년

꿈에 본 조제프 베르네*의 바다

반半연체동물의 울음이 들린다

새너토리엄**에 모여든 숙녀들

사랑하는 여자는 층계에서 내려온다

'니자미'의 시집보다도 비장한 이야기

냅킨이 가벼운 인사를 하고

성하盛夏의 낙엽은 내 가슴을 덮는다.

---

* 그의 걸작인 15점의 〈프랑스 항구들 Ports of France〉 연작(1754~65, 파리 루브르 박물관)은 18세기의 생활상을 매우 훌륭하게 기록하고 있다
** Sanatorium 결핵 환자나 각종 신경병 환자 치료를 위해 마련된 요양소

식민항植民港의 밤

향연饗宴의 밤
영사領事부인에게 아시아의 전설을 말했다.

자동차도 인력거도 정차되었으므로
신성한 땅 위를 나는 걸었다.

은행 지배인이 동반한 꽃 파는 소녀
그는 일찍이 자기의 몸값보다
꽃값이 비쌌다는 것을 안다.

육전대陸戰隊*의 연주회를 듣고 오던 주민은
적개심으로 식민지의 애가哀歌를 불렀다.

삼각주의 달빛
백주白晝의 유혈流血을 밟으며 찬 해풍이 나의
얼굴을 적신다.

---

* 해병대의 이긴 말.

구름

어린 생각이 부서진 하늘에
어머니 구름 작은 구름들이
사나운 바람을 벗어난다.

밤비는
구름의 층계를 뛰어내려
우리에게 봄을 알려 주고
모든 것이 생명을 찾았을 때
달빛은 구름 사이로
지상의 행복을 빌어 주었다.

새벽문을 여니
안개보다 따스한 호흡으로
나를 안아 주던 구름이여
시간은 흘러가
네 모습은 또다시 하늘에
어느 곳에서도 바라볼 수 있는
우리의 전형
서로 손잡고 모이면

크게 한 몸이 되어

산다는 괴로움으로 흘러가는 구름
그러나 자유 속에서
아름다운 석양 옆에서
헤매는 것이
얼마나 좋으니

장미의 온도

나신裸身과 같은 흰 구름이 흐르는 밤
실험실 창밖
과실의 생명은
화폐모양 권태하고 있다.
밤은 깊어 가고
나의 찢어진 애욕은
수목壽木이 방탕하는 포도鋪道에 질주한다.

나팔 소리도 폭풍의 부감俯瞰도
화판花瓣의 모습을 찾으며
무장武裝한 거리를 헤맸다.

태양이 추억을 품고
암벽을 지나던 아침
요리와 위대한 평범을
Close-up한 원시림의
장미의 온도

죽은 아폴론

― 이상   그가 떠난 날에도

오늘은 삼월 열 이렛날
그래서 나는 망각의 술을 마셔야 한다
여급女給 마유미˚가 없어도
오후 세시 이십오분에는
벗들과 제비의 이야기를 하여야 한다

그날 당신은
동경 제국대학 부속병원에서
천당과 지옥의 접경으로 여행을 하고
허망한 서울의 하늘에는 비가 내렸다

운명이여
얼마나 애태운 일이냐
권태와 인간의 날개
당신은 싸늘한 지하에 있으면서도
성좌를 간직하고 있다

정신의 수렵을 위해 죽은
랭보와도 같이

˚ 이상의 소설 「지주회시」에 나오 인물

123

당신은 나에게
환상과 흥분과
열병과 착각을 알려 주고
그 빈사의 구렁텅이에서
우리 문학에
따뜻한 손을 빌려준
정신의 황제

무한한 수면睡眠
반역과 영광
임종의 눈물을 흘리며 결코
당신은 하나의 증명을 갖고 있었다
'이상李箱'이라고.

옛날의 사람들에게
— 물고物故[*] 작가 추도회의 밤에

당신들은 살아 있었을 때
불행하였고
당신들은 살아 있었을 때
즐거운 말이 없었고
당신들은 살아 있었을 때
사랑해 주던 사람이 없었습니다.

나라가 해방이 되고
하늘에 자유의 깃발 퍼덕거릴 때
당신들은
오랜 고난과 압박의 병균에
몸을 좀먹혀
진실한 이야기도
사랑의 노래도 잊어버리고
옛날의 사람이 되었습니다.

나는 지금 당신들이 죽어서 이 노래를
부르는 것이 아닙니다.

---

* 유명인의 죽음을 뜻한다. 박인환 시인이 소천하기 사흘 전 자유 문협 주최의
'물고 작가 추념제'를 위하여 지은 시였다. 행사 때 낭송하기도 전에 그 스스로
물고 작가가 되고 말았다.

당신들의 호흡이 지금 끊어졌다 해도
거룩한 정신과
그 예술의 금자탑은
밤낮으로 나를 가로막고 있으며
내 마음이 서운할 때에
나는 당신들이 만든 문화의 화단 속에서 즐길 수
있기 때문입니다.

당신들은 살아 있는 우리들의
푸른 '시그널'
우리는 그 불빛이 가리키는 방향으로
당신들의 유지를 받들어 가고 있습니다.

사랑하는 당신들이여
가난과 고통과 멸시를 무릅쓰면서
당신들의 싸움은 끝이 났습니다.

승리가 온 것인지
패배가 온 것인지
그것은 오직 미래만이 알며
남아 있는 우리들은

못 잊는 이름이기에
당신들 우리 문화의 선구자들을
이 한자리에 모셨습니다.

당신들은 살아 있었을 때
불행하였고
당신들은 살아 있었을 때
즐거운 말이 없었고
당신들은 살아 있었을 때
사랑해주던 사람이 없었습니다.

허나 지금
당신들은 불행하지 않으며
우리의 말은 빛나며
오늘 이처럼 많은 사람들이 모여
당신들을 사랑하고 있습니다.

닫기전의 시들

고향을 생각하며
지금 시를 쓰는 사나이

거리

나의 시간에 스콜과 같은 슬픔이 있다
붉은 지붕 밑으로 향수鄕愁가 광선을 따라가고
한없이 아름다운 계절이
운하의 물결에 씻겨 갔다

아무 말도 하지 말고
지나간 날의 동화童話를 운율에 맞춰
거리에 화액花液을 뿌리자
따뜻한 풀잎은 젊은 너의 탄력같이
밤을 지구 밖으로 끌고 간다

지금 그곳에는 코코아의 시장이 있고
과실果實처럼 기억만을 아는 너의 음향이 들린다
소년들은 뒷골목을 지나 교회에 몸을 감춘다
아세틸렌냄새는 내가 가는 곳마다
음영陰影같이 따른다

거리는 매일 맥박을 닮아 갔다
베링 해안 같은 나의 마을이
떨어지는 꽃을 그리워한다
황혼처럼 장식한 여인들은 언덕을 지나

바다로 가는 거리를 순백한 식장式場으로 만든다

전정戰庭의 수목같은 나의 가슴은
베고니아를 끼어안고 기류氣流 속을 나온다
망원경으로 보던 천만千萬의 미소를 회색 외투에
싸아
얼은 크리스마스의 밤길로 걸어 보내자

이 거리는 환영한다
— 반공 청년에게 주는 노래

어느 문이나
열리어 있다
식탁 위엔
장미와 술이
흐르고

깨끗한 옷도
걸려 있다
이 거리에는
채찍도
철조망도
설득 공작도
없다

이 거리에는
독재도
모해謨害도
강제 노동도
없다

가고 싶은

거리에서
거리에로
가라
어데서나
가난한
이 민족
따스한 표정으로

어데서나
서러운
그대들의
지나간 질곡을
위로할 것이니

가고 싶은
거리에서
네 활개 치고
가라
이 거리는
찬란한 자유의
고장

이 거리는
그대들의
새로운 출발점
이제 또다시
막을 자는
아무도 없다
넓은 하늘
저 구름처럼
자유롭게
또한
뭉쳐 흘러라

어느 문이나
열리어 있다
깨끗한 옷에
장미를 꽂고
술을 마셔라

어떠한 날까지
— 이 중위의 만가挽歌를 대신하여

- 형님 저는 담배를
피우게 되었습니다 -
이런 이야기를 하던 날
바다가 반사된 하늘에서
평면의 심장을 뒤흔드는
가늘한 기계의 비명이 들려왔다
20세의 해병대 중위는
담배를 피우듯이
태연한 작별을 했다.

그가 서부 전선 무명의 계속에서
복잡으로부터
단순을 지향하던 날
운명의 부질함과
생명과 그 애정을 위하여
나는 이단의 술을 마셨다.
우리의 일상과 신변에
우리의 그림자는
명확한 위기를 말한다
나와 싸움과 자유의 한계는
가까우면서도

망원경이 아니면 알 수 없는
생명의 고집에 젖어 버렸다
죽음이여
회한과 내성內省의 절박한 시간이여
적은 바로
나와 나의 일상과 그림자를 말한다.

연기와 같은 검은 피를 토하며……
안개 자욱한 젊은 연령의 음영에……
청춘과
자유의 존엄을 제시한
영원한 미성년
우리의 처참한 기억이
어떠한 날까지 이어갈 때
싸움과 단절의 들판에서
나는 홀로 이단의 존재처럼
떨고 있음을 투시한다.

1952년 11월 20일

어느 날의 시가 되지 않는 날의 시

당신은 일본인이지요?
차이니즈? 하고 물을 때
나는 불쾌하게 웃었다.
거품이 많은 술을 마시면서
나도 물었다
당신은 아메리카 시민입니까?

나는 거짓말 같은 낡아빠진 역사와
우리 민족과 말이 단일하다는 것을
자랑스럽게 말했다.
황혼.

타아반 구석에서 흑인은 구두를 닦고
거리의 소년이 즐겁게 담배를 피우고 있다.

여우女優 가르보의 전기책이 놓여 있고
그 옆에는 디텍티브 스토오리가 쌓여 있는
서점의 쇼우 윈도우
손님이 많은 가게 안을 나는 들어가지 않았다.

비가 내린다.

내 모자 위에 중량이 없는 억압이 있다.
그래서 뒷길을 걸으며
서울로 빨리 가고 싶다고
센티멘털한 소리를 한다.

(에베렛에서)

이국항구

에베레트 이국의 항구
그날 봄비가 내릴 때
돈나 캠벨 잘 있거라

바람에 펄덕이는 너의 잿빛머리
열병에 걸린 사람처럼
내 머리는 화끈거린다

몸부림쳐도 소용없는
사랑이라는 것을 서로 알면서도
젊음의 눈동자는 막지 못하는 것

처량한 기적汽笛
덱에 기대어 담배를 피우고
이제 나는 육지와 작별을 한다

눈물과 신화의 바다 태평양
주검처럼 어두운 노도를 헤치며
남해호의 우렁찬 엔진은 울린다

사랑이여 불행한 날이여

이 넓은 바다에서

돈나 캠벨―불러도 대답은 없다.

주말

산길을 넘어가면
별장.
주말의 노래를 부르며
우리는 술을 마시고
주인은
얇은 소설을 읽는다
오늘의 뱀아
저기 쏟아지는 분수를 마셔

그늘이 가린 언덕 아래
어린 여자의 묘지
저기서 들려오는
찬미가.
칫솔로 이를 닦는
이름없는 영화배우
……공포의 보수……
……니트로 글리세린……
……과테말라 공화국의 선인장……
일요판 『닛폰 타임스』의 잉크냄새.

별장에도

폭포는 요란하고
라디오의 찢어진 음악이 그칠 줄 모른다
주인은 잠이 들었고
우리는 산길을 내려간다.

또 다른 그날

가로수 그늘에서 울던 아이는
옛날 강가에 내가 버린 영아嬰兒
쓰러지는 건물 아래
슬픔에 죽어가던 소녀도
오늘 환영幻影처럼 살았다
이름이 무엇인지
나라를 애태우는지
분별할 의식조차 내게는 없다
시달림과 증오의 육지
패배의 폭풍을 뚫고
나의 영원한 작별의 노래가
안개 속에 울리고
지난날의 무거운 회상을 더듬으며
벽에 귀를 기대면
머나먼
운명의 도시 한복판
희미한 달을 바라
울며 울며 일곱 개의 층계를 오르는
그 아이의 방향은
어데인가.

인제

인제
봄이면 진달래가 피었고
설악산 눈이 녹으면
천렵 가던 시절도
이젠 추억.

아무도 모르는 산간벽촌에
나는 자라서
고향을 생각하며 지금 시를 쓰는
사나이
나의 기묘한 꿈이라 할까
부질없고나

그곳은
전란으로 폐허가 된 도읍
인간의 이름이 남지 않은 토지
하늘엔 구름도 없고
나는 삭풍속에서 울었다
어느 곳에 태어났으며
우리 조상들에게 무슨 죄가 있던가.

눈이여
옛날 시몽의 얼굴을 곱게 덮어 준
눈이여
너에게는 정서와 사랑이 있었다 하더라.

나의 가난한 고장
인제
봄이여
빨리 오거라

3·1절의 노래

즐겁게 3·1절을 노래했던 해부터 지금 십년이 지났다
독립이 있었고
눈보라 치던 피난을 겪으며
곤란과 서러움의 십년이 지났다.

변함없는 푸르른 하늘
그때의 사람과
그때의 깃발을
하늘은 잊지 않는다.
아니 내 아버지와 내 가슴에
저항의 피가 흐른다.

지금 우리는 소리 없이 노래 부른다
노래를 부르지 않아도 좋다.
그것은 무거웁게 민족의 마음에
간직되어 있고
우리는 또한 싸움의 십년을 보냈다.
우리는 보지 못했어도
저 하늘은 선열의 주검을 보았고
그때의 태양은
지금의 태양

삼월 초하루가 온다.
맑은 하늘과 우리의 마음에
독립과 자유을 절규하던
그리운 날이 온다.

오월의 바람

그 바람은
세월을 알리고

그 바람은
내가 쓸쓸할 때 불어온다

그 바람은
나에게 젊음을 가르치고

그 바람은
봄이 떠나는 것을 말한다

그 바람은
눈물과 즐거움을 갖고 있다

그 바람은
오월의 바람

닫는 시

간절한 것은 보고싶다는
단 한마디

얼굴

우리 모두 잊혀진 얼굴들처럼
모르고 살아가는 남이 되기 싫은 까닭이다
길을 걷고 살면 무엇하나
꽃이 내가 아니듯
내가 꽃이 될 수 없는 지금
물빛 눈매을 닮은
한마리의 외로운 학으로 산들 무엇하나
사랑하기 이전부터
기다림을 배워버린 습성으로 인해
온 밤에 비가 내리고 이젠 내 얼굴에도
강물이 흐른다
가슴에 돌담 쌓고
손 흔들던 기억보다 간절한 것은
보고 싶다는 단 한마디
먼지 나는 골목을 돌아서다가
언뜻 만나서 스쳐간 바람처럼
쉽게 잊혀져버린 얼굴이 아닌 다음에야
신기루의 이야기도 아니고
하늘을 돌아 떨어진 별의 이야기도 아니고
우리 모두 잊혀진 얼굴들처럼
모르고 살아가는 남이 되기 싫은 까닭이다

행복

노인은 육지에서 살았다.
하늘을 바라보며 담배를 피우고
시들은 풀잎에 앉아
손금도 보았다.
차 한 잔을 마시고
정사情事한 여자의 이야기를
신문에서 읽을 때
비둘기는 지붕위에서 훨훨 날았다.
노인은 한숨도 쉬지 않고
더욱 아무것도 바라지 않으며
성서를 외우고 불을 끈다.
그는 행복이라는 것을 말하지 않았다.
거저 고요히 잠드는 것이다.

노인은 꿈을 꾼다.
여러 친구와 술을 나누고
그들이 죽음의 길을 바라보던 전 날을.
노인은 입술에 미소를 띄우고
쓰디쓴 감정을 억제할 수가 있다.
그는 지금의 어떠한 순간도
증오할 수가 없었다.

노인은 죽음을 원하기 전에
옛날이 더욱 영원한 것처럼 생각되며
자기와 가까이 있는 것이
멀어져 가는 것을 분간할 수가 있었다.

언덕

연 날리던 언덕
너는 떠나고
지금 구름아래
연을 따른다
한 바람 두 바람
실은 풀리고
연이 떨어지는 곳
너의 잠든 곳

꽃이 지니
비가 오며 바람이 일고
겨울이니
언덕에는 눈이 쌓여서
누구 하나 오지 않아
네 생각하며
연이 떨어진 곳
너를 찾는다

속악한 현실을 낭만적 비가悲歌로 노래한 시인
박인환의 시

유성호

검은 준열의 시대를 살아간 시인

박인환은 전후 문단의 모더니스트 그룹을 선두에서 이끌었던 시인이다. 그는 1926년 강원도 인제에서 태어나 인제공립보통학교에 입학하여 공부하다가 가족과 함께 서울 종로로 이사하여 덕수공립보통학교 4학년에 편입하였다. 1939년 경기중학에 진학한 그는, 이 무렵 문학에 빠져들어 세계문학전집과 일본 시집을 탐독하게 된다. 영화관을 드나든 것이 문제가 되어 경기중학을 중퇴한 그는 한성학교 야간부를 거쳐 황해도 재령의 명신중학교에 편입하였고, 아버지의 강요로 평양의전에 들어가지만 곧 학업을 접고 서울로 돌아왔다. 박인환은 국제신보 주필 송지영의 도움으로 '신세대 시인'으로 문단에 나섰고, 전쟁 때 피난지에서 경향신문 종군기자로 활동하였다. 1952년 그는 대한해운공사에 입사하여 1955년 봄, 화물선 '남해호'를 타고 미국과 태평양 연안을 여행하고 돌아온다. 같은 해 10월, 첫 시집 『박인환선시집』(산호장, 1955)을 출간하는데, 시집 후기에서 그는 "검은 준열의 시대"를 살아온 고단했던 시간을 "본질적인 시에 대한 정조와 신념"을 지켜온 시간으로 고백하게 된다.

초기의 리얼리즘과 후기의 낭만주의

우리가 박인환의 시적 범주를 크게 리얼리즘적 경향과 낭만주의적 경향으로 대별한다고 할 때,「남풍」이나「인천항」은 전자를 대표하고,「세월이 가면」이나「목마와 숙녀」는 후자를 대표하는 작품이라고 할 수 있다.「남풍」에서는 "가난한 가슴팍"으로 스며드는 느낌을 떠올리면서 당시 제3세계에 대한 강한 연대감과 문제의식을 노래하였으며,「인천항」에서는 다시 임박해온 제국에 대한 비판과 경계를 노래하는 반제국주의의 시의식을 강렬하게 보여주었다. 그는 속악한 정치적 현실을 준열한 비판적 필치로 노래한 것이다. 이처럼 해방 직후에 강렬한 리얼리즘적 지향과 탈식민주의적 지향으로 다수 시편을 남긴 박인환이 우리 시사(詩史)에 허무주의적 로맨티스트로 각인된 것은 그가 말년에 남긴 낭만적 작품들 때문일 것이다. 그 가운데 가장 강한 인상을 준 작품이「목마와 숙녀」와「세월이 가면」이다. 종로 한 모퉁이에 '마리서사'라는 아름다운 이름의 서점을 열어 김수영, 박일영, 임호권 등과 문학과 예술을 논하면서 사회와 시대에 대한 강렬한 관심을 표명하던 박인환은, 혹독한 전쟁과 가난을 경험하면서 급작스럽게 낭만주의자로서의 면모를 강하게 띠어가게 된다.

전쟁 때문에 나의 재산과 친우가 떠났다.

인간의 이지理知를 위한 서적書籍 그것은 잿더

미가 되고
　　지난날의 영광도 날아가버렸다.
　　그렇게 다정했던 친우도 서로 갈라지고
　　간혹 이름을 불러도 울림조차 없다.
　　오늘도 비행기의 폭음이 귀에 잠겨
　　잠이 오지 않는다.
　　　　　　　　　　　　　　　　　　「잠을 이루지 못하는 밤」

　라는 표현에서 보듯이, 전쟁과 가난은 그의 모든 존재 근거를 박탈했고, 그를 폐허의 도시를 노래하는 로맨티스트로 급격히 몰아갔다. 그 후 그는 김수영이 그렇게 비판해마지 않았던 '코스튬costume'으로 자신의 시편들을 장식해갔고, 지금 생각해보면 그다지 영예로운 호칭이 못 되는 '명동 백작'이라는 애칭도 이때 얻게 된다.

　「세월이 가면」은 도회적 감각과 애잔한 서정으로 사랑의 기억을 노래한 작품으로서, 시인의 개성적인 멋과 일상어의 균형적 결합이라는 시적 성취를 이례적으로 낳고 있다. 비록 사랑했던 사람의 이름은 잊었지만 그와 나눈 감각은 확연한 잔상으로 가슴에 오래도록 남아 있다는 사실을 노래함으로써, 이 작품은 사랑의 이름다움과 허망함을 동시에 보여준다. 이 시의 구조는 "잊다/가다/사라지다"와 같은 부재와 소멸을 지향하는 동사군群과, "있다/남다/잊지 못하다(기억하다)"와 같은 존재와 기억을 지향하는 동사군에 의해

대립적으로 형성되고 있다. 잊혀지고 사라지는 것은 사랑하던 사람의 '이름'과 그와 나눈 애틋한 '사랑'이다. 반면에 기억 속에 완강하게 남아 있는 것은 사랑하던 사람의 '눈동자 입술'과 그와 나눈 '옛날'이다. 사랑하던 사람은 그의 이름과 함께 사라지고 잊혀져도, 그와 나눈 사랑의 감각만은 선명한 과거로 남아 기억을 구성한다는 것, 그것이 이 시편이 노래하는 사랑의 심리학이다. 바람이 불거나 비가 오거나 잊지 못하는 "가로등 그늘의 밤"은 물리적으로는 그가 청춘을 탕진하고 스스로의 목숨을 재촉했던 명동의 밤거리일 것이다. "어두워지면 길목에서 울었다/사랑하는 사람과"(「나의 생애에 흐르는 시간들」) 같은 표현에서처럼 말이다. 하지만 창밖으로 보이는 가로등은 "사랑은 가고/옛날은 남는" 역설을 가능케 해준 상상적인 공간이기도 했을 것이다. 마찬가지로 "여름날의 호숫가/가을의 공원/그 벤치" 역시 사랑하는 사람과 감각을 나눈 구체적 공간이기도 하겠지만, 낭만적 사랑을 가능케 해준 상상적 공간이기도 했을 것이다. 시간이 지나가듯이 "나뭇잎은 떨어지고/나뭇잎은 흙이 되고/나뭇잎에 덮여서/우리들의 사랑"은 사라졌다. 하지만 시인은 "내 서늘한 가슴에" 그 사랑의 기억이 선명하게 남았다고 고백함으로써, 사랑했던 이의 기억을 아름답게 완성한다.

이처럼 사라지고 잊혀져가는 것에 대한 그리움이라

는 주제는 그의 또 다른 대표작「목마와 숙녀」에도 잘 나타난다. 사실「목마와 숙녀」에서도 "떠나다/떨어지다/부서지다/죽다/가다/시들다/작별하다/쓰러지다/늙다"라는 용언들이 지속적인 술어군群을 이루면서 사라져가는 것들에 대한 각별한 애잔한 연민과 동경을 표현하지 않았던가. 이처럼 사라지는 것들을 완상하고 자신의 운명과 동일시하는 박인환의 후기 시학은

> 사라진 일체의 나의 애욕愛慾아
> 지금 형태도 없이 정신을 잃고
> 이 쓸쓸한 들판
> 아니 이즈러진 길목 처마 끝에서
> 부드러운 목소리로 이야기한들
> 우리들 또다시 살아나갈 것인가."
>
> 「부드러운 목소리로 이야기할 때」

같은 표현에서도 이어지고 있다. 그렇다면 왜 시인은 이처럼 도시의 밤을 배경으로 하여 지속적인 사랑의 비가를 노래하는가. 재미있는 유추적 증언이 하나 있는데, 같은 후반기 동인이었던 이봉래는 "박인환은 강원도 두메산골에서 태어났다. 흔히들 말하는 촌놈이다. 그는 소위 촌놈티를 벗기 위해서 의식적으로 도시를 동경했고, 일상의 행동을 모던하게 하기 위해서 무진 애를 썼다. 그러나 그를 지배한 것은 어쩔 수 없는 콤플렉스였다."라고 말한 바 있다. 그의 도시적 감

각과 모더니즘 지향 안에 심리적인 방어기제defense mechanism가 잠복해 있다는 말이다. 하지만 박인환이 노래한 명동의 "가로등 그늘의 밤"이 인제 두메산골의 대척점에 있는 공간임에는 틀림없겠지만, 그것은 화려한 '코스튬'에 의해 인위적으로 채택된 허구적 공간이 아니라, 전후 폐허의 도시 속에서 젊음과 문재文才를 동시에 탕진하고 있던 시인의 시선에 감각적 직접성으로 들어온 자연스런 배경이라고 해야 할 것이다.

스스로에게 불러준 만가를 남기고

박인환의 타계 이후 그에 대한 부정적 평가가 잇따랐지만, 그의 시편 속에서 표피적 댄디즘을 넘어서는 사회적 상상력을 읽어내는 것은 어려운 일이 아니다. 따라서 허무로 직조된 시편들만 거론하며 그의 시를 단지 도시 콤플렉스나 코스튬으로 등가화하는 것은, 그의 많은 작품들에 대한 정치한 작품 분석을 결여한 단견에 불과할 것이다. 타계 직전 박인환은 이상李箱을 추모하는 행사를 준비하면서 자신의 마지막 작품이 되어버린 「죽은 아포롱」을 쓴다.

오늘은 3월 열이렛날
그래서 나는 망각의 술을 마셔야 한다
여급 '마유미'가 없어도
오후 세시 이십오 분에는

벗들과 '제비'의 이야기를 하여야 한다.

라고 말이다. 그의 뜻하지 않은 급서急逝를 생각할 때, 「죽은 아포롱」은 스스로에게 불러준 만가輓歌가 되어버린 셈이다. 1956년 3월 20일 밤 9시, 속악한 현실을 낭만적 비가悲歌로 노래한 시인은 그렇게 30세의 젊은 나이로 "검은 준열의 시대"를 떠나갔다.

---

* 유성호(연세대 국문과 및 동대학원 졸업(문학박사). 한양대 국문과 교수) 평론집으로 『상징의 숲을 가로질러』『침묵의 파문』『움직이는 기억의 풍경들』 등이 있음.

시인의 자료

아내와 함께 한 박인환

박인환의 초상

많은 문우들의 축복속에 결혼식을 올리는
박인환과 그의 아내 이정숙.(1948년 이른 봄)

문우들과 함께

종군 기자 시절

자신의 서점
마리서사 앞에서

박인환과 그의 시
「세월이 가면」을
작곡한 이진섭

고달픈 역사와 황혼을 품안에 안고 침울한 큰물이 흐른다

『목마와 숙녀』 (근역서재 1976. 3. 10)
박인환의 사후 20주기에 후손들이 펴낸 시집은 10여만 부 팔렸다.
그가 생전 아내에게 '내가 죽으면 내 시집이 잘 나갈 거'라 말했듯이.

지금 그 사람 이름은 잊었지만

그 눈동자 입술은

내 가슴에 있네

국문학자 정한모
시인에게 준 박인환의
육필 싸인본

1955년 10월 출판사
산호장에서 출간된
『박인환 선시집』초간본
(하드커버에 호부장 제본)

『박인환 선시집』초간본
면지에 코주부 만화가
김용환이 그린 박인환
캐리커처 (백대현씨 소장)

문우의 자료

박인환!

이승을 떠나간 친구들이 너무나 많은 중에서도 시인 박인환만큼 선명한 모습으로 내 기억의 회랑回廊에 그림자를 드리우는 인물도 드물다. 그는 조금치도 변하지 않는, 여위고 흰 얼굴로 내게로 와서, 하고 싶은 많은 이야기를 내뱉지 못하는 사람처럼 머무적거린다. 머무적거리는 것이 아니라, 멋있는 화술話術을 준비하기 위해서, 첫마디를 내던질 순간의 정적静寂이나 기회를 노린다는 표정으로 가까이 와서 잠시 멈춰 선다. 이런 박인환의 모습은 25년이 흐른 오늘에도 살아있던 시절의 어느 사진보다도 더 선명하고 또렷하다.

나는 갖가지 널려있는 추억의 문을 열고 그와 더욱 다정히 앉기를 원하며, 그의 손을 잡고 싶다. 그의 암시나 제스처, 일부러 꾸며내는 약간 굵은 목소리가 생각난다. 그 무엇에 대한 비평을 위하여 광대 짓을 하는 당돌함이나 좌절을 느끼는 고뇌에 찬 모습 또한 지울 수 없다. ……그가 종로에서 서점을 경영하던 시인 오장환을 알게 된 것은 큰 의미를 지니는 것이다.

인환의 초기 시에는 오장환의 일련의 작품이 가지는 로맨티시즘(현대적 의미)의 여러 가지가 여실하게 감지된다. 정지용에게가 아니고, 오장환에 끌렸다는 것은 기이한 일이다. 낡은 시의 전통을 부정하고 나온 시점이 바로 자신이 쓰는 시점임을 알았기에, 멸滅하여 가는 모든 것 앞에서 시인의 운명을 진실로 목 놓아 울 수 있었던 격정의 시인에게서 그 음악의 향기의 감성을 감지해 냈다는 것은 특이한 일이다. 김광균金光均과 김기림金起林도 한편에 있어서 새로운 시법을 형성하는 박인환의 레토릭rhetoric과 논리의 세계를 도왔을 것이다.

뭐니 뭐니 해도 역시 박인환은 오장환을 통해서 시를 쓰는 기법과 리듬의 화려한 섬광을 발견해 낸 듯 보이며, 그래서 정신의 귀족주의적 일면도 서로 흡사한 데가 있어 보인다. 허무와 통하는 정신적 귀족주의 - 그것은 보들레르의 댄디 정신이나 악마적 낭만주의와도 서로 맥이 통하는 정신적 요소들이 아닌가 싶다.

1946년에 발표된 인환의 「거리」라는 시에서는 오장환의 분위기와 포즈를 더 많이 보게 된다. 리듬에 있어서 혹은 관념이 그려내는 작위적인 이미지와 그것들 간의 혼란에 있어서 특히 그렇다. 오장환의 모든 시의 풍속을 넘어선 곳에 새 이미지를 그리는 박인환의 새 언어 - 어찌 보면 그것은 새로운 오장환의 세계 같은 착각조차 느끼게 하는 문법이라 할 만한 것인데, 이런 의미에서는 오장환을 초월한 곳에 박인환의 시가 존재한다고 해도 좋을 것 같다.

'후반기'의 모임에서는 가끔 우리들 자신의 처세 문제나 문단 행위에 대하여 논란이 있어 의견 충돌이 생겼다. 조향趙鄕은 '후반기 동인'이 소위 기성문단과 적당한 타협이나 저널리즘과 영합하는 것을 전면적으로 공박攻駁하는 태도로 일관했고, 이봉래李奉來는 각자의 자유의사는 존중되어야 한다고 말하는 쪽이었다. 김경린金璟麟이 나를 건너다보며 허허 웃고 있노라면 박인환은, "봉래, 술 좀 사"하는 엉뚱한 전술을 꺼낸다.

김차영金次榮은 가끔 조향 편을 들기도 하지만, 이봉래의 자유주의에 이끌리고 만다. 용돈이 급하면 박인환이 연합신문사의 문화부로 나를 찾아온다. 그는 시는 써도 산문은 쓰기를 반기지 않았으므로 그에게 지급되는 원고료란 언제나 미미한 것이었다. 우리는 피차간 너무나 가난하고 의지할 곳이 없었으므로 피난지 부산의 2년 몇 개월을 거리와 다방을 헤매며 시와 음악과 그림을 무작정 섭렵하는 것을 지상의 행복으로 삼고 살았던 것이다. (……)부산 시절에 겪은 일들을 어찌 다 적을 수 있을까. 그 어떤 이의 젊은 시절도 그러하듯 우리들 젊은 가슴도 청춘의 열기가 가득 넘쳐서 적게 크게 불탔던 것이다.

40계단 아래 그 목욕탕이 있던 골목의 나지막한 다방에서 내가 뭔가 쓰고 있노라면, 영화배우같이 말끔한 박인환이 들어선다. 들어서서 그럴듯하게 손을 흔

들어 이쪽을 향해 신호를 하고는 내 탁자 앞에 앉는다. 장교將校 담배를 길게 빼어 물고는 다짜고짜 이렇게 말한다.

"거꾸로 쓰니까 시가 되더군!"

"규동, 자네도 한번 해봐. 마지막 행부터 쓰거든. 재미있어!"

"자식 싱겁기는! 차나 마셔."

하고 보는 체도 않고 원고지를 메꾸어 가노라면,

"나, 가."

하고 탁자 위에 놓인 담뱃갑을 훌렁 집어넣고 어슬렁 사라진다.

인환이 거꾸로 시를 쓰는 습관은 로직을 위해서이고 폭발하는 시적 효과를 노려서다. 이제 그의 시「밤의 노래」끝연을 마지막 행부터 거꾸로 읽어보자.

　　　내 가슴의 운석에 갈앉아 버린다.
　　　선을 그리며
　　　그것이 가끔 교회의 종소리에 합쳐
　　　달려오는 전파
　　　고막을 깨뜨릴 듯이

　물론 제 순서는 다음과 같다.

　　　고막을 깨뜨릴 듯이

달려오는 전파電波
그것이 가끔 교회의 종소리에 합쳐
선을 그리며
내 가슴의 운석에 갈앉아 버린다.

쉬르레알리슴의 문법 - 자동기술처럼 신기롭고 돌발하는 작은 불빛들을 발하는 것 같다. 이러한 발상의 방법은 시의 실험이나 연습을 위해서 - 모험정신을 가꾸어간다는 의미에서 - 가볍게 넘길 수가 없는 홍미거리가 된다. 단절은 현대시에 있어서의 중요한 기법의 하나이다. 행간의 의미를 중시하는 새로운 시도에 있어서 단절과 당돌한 결합이 짜내는 이미지의 신기新奇가 무엇보다도 고상한 자리를 차지하게 되는 것은 말할 것도 없는 일이다. 프랑스 전위시인들뿐 아니고 영미 시단에서의 커밍즈 같은 시인이 보여 준 스타일 같은 것도 이런 시도와 관련이 있는 것이다.

박인환만큼 평소 책을 좋아한 친구는 드물다. 그는 시와 예술 이외의 무슨 책이라도 신기해 보이는 것이라면 무엇이든지 애지중지 모았다.

여행과 방랑과 술과 좌절의식 - 그것은 아마도 이 시대 시인들의 영원한 그리움과 고향 같은 것인지도 모른다. 더욱이 자연 시인들의 가슴을 넘치게 해 주는 것은 낭만과 꿈의 멀고 먼 그 아름다움일 것이다…… 그는 무척 아름다운 것, 사랑과 우정 - 또는 허물어져 가는, 인간의 마음 구석에 숨겨져 있는 우애의 정신을 무엇보다 그리워하였다. 회복할 수 없이 된 파멸과 절망을 그는 무엇보다 서러워하는 – 착하게, 아름답게 남들과 나란히 살고 싶은 인간이었다. 영웅도 권력자도 그에게는 그리 큰 의미를 안겨주지 못했다. 평등한 시민으로 조용히 아름답게 이상적인 삶을 영위하고 싶다는 의지 – 그래서 그는 시를 쓰는 그 침묵의 작업을 통해 그러한 염원念願을 남 몰래 불태우고 있었다.

불편한 선박船舶에 승선을 감행해서 아메리카에 다녀왔던 것도 방랑과 여행에의 누를 수 없는 욕망 때문이다.「태평양에서」를 통하여 보는 바와 같은 심경의 고백은 너무나도 솔직한 하나의 기원祈願이다. 길을 떠나는 마음을 어느 시편에서보다도 직접적으로 나타낸 그의 '기행 시편'들은 그가 지녔던 소박하고 솔직한 인간 성향의 단면을 잘 나타내 주는 것들이었다.

인환은 솔직한 심정의 고백이 너무나도 서럽고 가엾은 것이어서 차라리 야릇한 감상에 젖게 된다. 전쟁의 비참에 대해서 누구보다도 준열한 비판자이기를 원했던 그다. 인환이 지금 우리와 함께 지상에 살아 있다면 그는 어떻게 하고 있을까?

그는 여전히 시를 쓸 것이다. 써도 좀 더 투명하고 명확하게 쓸 것이다. 어쩌면 더 당당하게 시를 쓸 것이다. (김규동 시인. 한 줄기 눈물도 없이 – 부정否定의 정신과 휴머니즘)

박인환 시인 연보

1926년 (1세) 1926년 강원도 인제군 인제면 상동리에서 출생. 아버지 박광선朴光善은 면사무소 직원였고, 시골이라도 가계는 부유했다. 머리가 좋고 똑똑한 아들 교육을 위해 아버지는 서울 종로구 원서동 언덕배기로 이사한다.

1939년(14세~) 경기중학을 중퇴와 황해도 명신중 편입.

1944년(19세) 아버지의 강요에 관립 평양의학전문학교 3년제 입학

1945 (20세) 광복 후 학교를 중단하고 상경. 종로 3가 2번지 낙원동 입구에 서점 마리서사를 개업. 아버지와 이모에게 꾼 5만 원으로 시인 오장환이 열었던 20평 가까운 서점을 이어받는다. 그가 아내를 처음 만났고, 1950년대 한국 모더니즘 시 운동의 중심이 된 이곳이 '마리서사茉莉書肆'다. 서점 이름은 일본 시인 안자이 후유에安西冬衛의 시집『군함 마리軍艦茉莉』에서 왔다는 말과, 프랑스의 화가이자 시인인 마리 로랑생의 이름을 땄다는 두 가지 설 중에 마리 로랑생Marie Laurencin을 좋아하여 지은 것이 맞을 것이다. 그가 시인이고, 화가였던 장콕토의 영향이 있었듯이 문학 예술인들의 전문 서점으로 자리한 마리서사에는 앙드레 브르통·폴 엘

뤼아르 · 마리 로랑생 · 장 콕토의 시집과 일본 유명 시 잡지 등이 놓여졌다. 그는 문우들과 모여 저녁을 먹더라도, 자신이 밥값을 내고 싶어했다. 책 판 돈은 대개 식사값으로 나갔다. 박인환 · 이정숙 두 커플은 하루가 멀다 하고 충무로 바닥을 누볐다. 훗날 아들이 기억하기를 목소리가 좋았던 박인환은 아내와 함께 샹송 '라모나'를 콧노래를 부르기도 했다. 책상 서랍을 열면 외국영화 포스터가 두루룩 굴러 나왔다. 그래선지 시인은 생전 많은 영화비평을 남기기도 했다.

1946 (21세) 12월,《국제신보》에 「거리」라는 작품을 발표하여 시인으로 데뷔.

1948 (23세) 입춘을 전후하여 마리서사를 폐업. 1948년 5월 덕수궁에서 결혼식을 올림. 김경린, 양병식, 김수영, 김병욱 등과 동인지 『신시론』 제1집을 발간. 자유신문사에 입사.

1949 (24세) 김경린, 김수영, 임호권, 양병식 등과 5인 합동시집 『새로운 도시都市와 시민市民들의 합창合唱』 발간. 경향신문사에 입사. 동인 그룹 〈후반기〉 발족. 훤칠한 키에 얼굴도 잘 생긴 박인환은 당대 문인중에 최고의 멋쟁이였다. 통속적인 것을 혐오하고, 원고 쓸 때 구두점 하나도 세심하게 다뤘고, 싫은 이와는 차 한 잔도 마시지 않는 결벽증을 보였다 한다. 6·25 직후 미처 피난 못해 지하 생활에 힘들었던 박인환은 9·28수복 뒤,

1951년 1·4후퇴를 맞고, 서둘러 피난했다. 《경향신문》의 종군 기자로 대구와 부산을 오가며 김경린·이봉래·조향·김차영 등을 모아 '후반기' 동인을 만든다. 1952년 『주간국제』의 '후반기 문예 특집'에 발표한 「현대시의 불행한 단면」 등 그는 피난지에서도 도전적인 글로 기성문인은 놀래컸다. 박인환이 '신시론'에 함께 한 친구 김수영과의 사이는 금이 가기 시작했다. 의용군 징집과 북송, 거제도 포로수용소에서 온갖 고생 끝에 뼈만 앙상해져 돌아온 김수영은 박인환의 화려한 언어와 트랜디한 감각을 쫓는다며 안 좋게 보았고, 박인환의 농담조의 조롱에 김수영은 모멸감과 상처를 받았다. 훗날 김수영은 박인환을 취향이 경박하며 겉멋에 치우친 유행의 숭배자라고 몰아붙였다. 이에 맞서 박인환은 김수영을 세속적인 눈치만 보는 속물이라고 말했다. 요절한 박인환의 시가 저평가가 된 큰 이유가 김수영의 독설이 컸음이 회자되고 있다.

1951년(26세) 육군소속 종군작가단에 참여했다.

1955년(30세) 박인환은 《경향신문사》를 사직. 처삼촌의 주선으로 '대한해운공사'에 다니는 동안 그는 시 「살아 있는 것이 있다면」, 「어떠한 날까지」, 「부드러운 목소리로 이야기할 때」 등을 쓴다. 1955년에는 직장인 대한해운공사의 일 관계로 남해호南海號 사무장의 임무를 띠고 미국에 다녀오기도 하였다. 1955년 봄, 화물선 '남해호'의 사무장 자격으로 미국과 태평양 연안을 여행하고 돌아와 《조선일보》에 기행문 「19일간의 아메리카」와 연작시 「아메리카 시초詩抄」 등을 발표. 얼마 뒤 대한해운공사에서 퇴직후 한동안 시에만 몰입. 10월 첫머리에 '아내 정숙에게 바친다'는 헌사가 첫 단독 시집인 『박인환 선시집』이 나온다. 이국적인 분위기와 짙은 페이소스, 낭만과 서정이 어우러져 있었다. 모더니스트로 불리워진 게 어색할만치 시집은 짙은 서정성으로 물들었다.

1956 (31세) 자택(당시 세종로 135번지.지금의 교보빌딩 뒤편)에서 사망. 당시 그의 아내는 서른, 아이들은 9살, 7살, 4살. 2남 1녀가 있었다. 박인환이 좋아했던 시인 이상李箱의 기일은 3월 17일이었다. 문우들이 증언하기를 3월 20일 이상을 기리기 위해 오후부터 친구가 사준 짜장면 한 그릇을 먹은 빈 속에 넘치도록 술을 마셨다 한다. 극도의 피로상태에서 몸을 사리지 않던 청춘은 죽음이 그리 쉽게 덮쳐올 줄은 예감조차 못했을 것이다. 시인장으로 열린 장례식에는 그가 좋아한 조니워커와 카멜 담배가 함께 박인환은 망우리에 묻혔다.

1974년 「목마와 숙녀」가 「세월이 가면」이 혼성 듀엣 뜨와에 므와(프랑스어로 '너와 나')의 박인희가 부르면서 대중에게 크게 알려짐. 「목마와 숙녀」는 노래가 아닌 낭송이지만 박인희의 애절하고 청아한 목소리로 큰 사랑을 받았다.

1976년 박인환의 사후 20주기에 후손들은 생전에 박인환이 펴낸 『선시집』(전체 54편)에다 이후 발표된 시, 미발표 유작遺作, 첫 시집에서 빠진 이전 시들을 더해 시집 『목마와 숙녀』(61편)를 펴냄. 『목마와 숙녀』는 10만 부 이상 팔렸다. 그가 생전 아내가 '혹시 내가 죽으면 내 시집이 잘 나갈 거'라고 말했듯이.

엮은이	신현림 시인. 사진가
	정본 중심으로 박인환의 시가 독자에게 더 가깝게
	최대의 가독성을 위해 새롭게 편집하고 자료와
	연보를 세세히 찾아 묶었습니다.

한국 대표시 다시 찾기 101

목마와 숙녀
박인환

1판1쇄인쇄	2018년 1월 25일
1판1쇄발행	2018년 2월 1일
지은이	박인환
펴낸이	신현림
펴낸곳	도서출판 사과꽃
	서울 종로구 옥인길74 (3-31)
이메일	abrosa@hanmail.net
전화	010-9900-4359
등록번호	101-91-32569
등록일	2012년 8월 27일
편집진행	사과꽃
표지디자인	정재완
내지디자인	강지우
인쇄	신도인쇄사

| ISBN | 979-11-962533-8-7 04810 |
| | 979-11-962533-0-1 (세트) 04810 |

CIP2018001835

값 7,700원

* 이 책의 판권은 도서출판 사과꽃에 있습니다.